KEITAI
SHOUSETSU
BUNKO

SINCE 2009

彼氏人形

西羽咲花月

野いちご

Starts Publishing Corporation

それは、クラスメートから聞いた店だった。

　理想的な彼氏の人形を作ることができるショップがあるんだって。

　顔を体も、自分で選んで組み立てることができる。

　性格だって、自分好みに設定することができる。

　そう……。

　まさに夢のような人形。

　でも……。

　その人形は購入者を必ず死へと追いつめる、恐怖の人形だったんだ……。

contents

1 章

彼氏人形	8
人間のパーツ	14
完成	27

2 章

感謝	42
ダブルデート	47
アルバイト	53
蒼太の思い出	58
葵君がいない!?	63
性格のせい？	72
ダイレクトメール	79
電話	84
迎え	88
真っ白に	96
骨折	101
不良品	106
都市伝説	113

3 章

スイッチ	120
呼び出し	128
協力	136
出会いの場所	144

蒼太の機嫌	151
クラスメートたち	157
人探し	162
検索	167

4 章

良子さんの後輩	176
鎌田依子	182
手紙	190
日記	199
担任教師	212
実紗の決意	218
狂暴化	223
壊すから	230

5 章

葬儀	236
名刺	243
有力情報	253
藤井さんの居場所	257
実家	263
母親	274
最後	277

あとがき	284

臺 I

彼氏人形

　昼下がりの秋の日差しが差し込む教室で、向かいの席に座る友人の戸田実紗が、胸にギュッと少女マンガを抱いてあたしを見た。

　今は昼休み。

　教室内には、いろいろな食べ物のニオイが充満していた。

　あまりにも日差しが心地よくて、窓際のあたしの席は眠気を誘う。

　あたしは、なんとか眠気を振り払いながら実紗を見た。

　実紗とあたしは横井崎高校の２年生で、１年の頃から同じクラス。

　一番仲がいい、と言っても過言ではない。

「陽子はどう？　彼氏欲しくない？」

　つい先ほどまで、胸に抱えた少女マンガのような恋がしたいと話していた実紗が、あたし、山下陽子の表情をうかがうように尋ねてきた。

　あたしは恋だの愛だのということにとてつもなく疎くて、『どう？』と聞かれても返す言葉なんて持ち合わせてはいなかった。

　だから、

「うん……まぁ……ねぇ？」

　と、あいまいにほほえんで、あいまいな返事をするのが精いっぱいだ。

勘違いをされても困るし、かといって興味がないとハッキリ言いすぎると実紗が引いてしまう。

　だからこそ選んだ中途半端な言葉は、実紗にとって肯定の言葉と同じだったらしく、実紗は何度もうんうんと頷き、

「やっぱり彼氏は欲しいよねぇ」

　と、言った。

　そのとらえ方は友達としてはもっとも理想的なもので、あたしは少し胸を撫で下ろした。

「なんて言うのかな……。あたしを守ってくれるような人がいいんだよね」

　そう言って、まだ見ぬ君に思いをはせているのか、ほうっと息を吐く実紗。

　実紗の理想的男子は、胸に抱えている少女マンガに出てくるキャラクターそのもので、おそらくこのあと草食系男子のマンガを読めば、草食系男子と恋がしたいと言い出すに違いない、と感じた。

　あたしは紙パックのジュースを最後まで飲み干して「そうだねぇ……」と、気のない返事をする。

「陽子も、たくましい男子のほうが好き？」

「うん！」

　でも、そこはハッキリと肯定。

　男は、たくましさと優しさを兼ね備えているほうが好みといえば好み。

「やっぱりそうだよねぇ」

　と、トロンとした表情になる実紗をチラッと見ると、あ

たしは教室後方に置かれているゴミ箱へ空になった紙パックを投げた。

　カコンッと音をさせながら、紙パックがゴミ箱へと吸い込まれる。

　ナイッシュー！

　と、心の中でガッツポーズをしていると、あたしたちの席にひとりのクラスメートが近づいてきた。

　仲田有里という子で、スラリとした長い手足に、キラリと光るピアスが目を引く。

　有里は、クラスの中でも目立つグループに入っている。

　彼女が近づいてくると香水のニオイがした。

　食べ物のニオイと香水のニオイが混ざり合ったなんとも形容しがたいニオイに、あたしは思わず鼻を押さえた。

　胃の中身がジワジワとせり上がってくるのを感じる。

「ふたりとも、彼氏が欲しいの？」

　有里の言葉に、実紗がパッと目を輝かせる。

　男の子を紹介してもらえると思ったのかもしれない。

　仮にそうだとしても、あたしはパスだ。

　だって、有里の知り合いにはチャラそうな男しかいなそうだから。

　それに、今は彼氏が欲しいと思っていない。

　手元を見ながらそんなことを考えていると、有里が意外なことを話しはじめた。

「＜彼氏人形＞って知っている？」

「＜彼氏人形＞……？」

あたしはこの時、初めて有里に視線を投げかけた。

　バサバサのつけまつげがとっても重たそうで、瞼にはブルーのアイシャドー。

「自分の理想どおりの人形が作れるの」

　有里がニヤッと笑った。

「……それってどういうこと？」

　実紗が興味を惹かれたように身を乗り出す。

　あたしは、その光景を見るともなく見ていた。

「お店の中に……等身大の男の子の人形が置いてあるの。それはしゃべるし、動くし……まるでアンドロイドみたいなの」

　話に食いついてきた実紗に対し、途端に饒舌になる有里。

「アンドロイドって人造人間みたいなものだよね？」

「そうそう。でも、それは100パーセント人形」

「そんなものが手に入るとは思えないけど……」

　目が輝かせている実紗を見て、あたしは横槍を入れた。

　だって、アンドロイドや人造人間なんて、あまりに現実からかけ離れている。

　すると有里は左右に首を振り、

「それが、簡単に手に入るの」

　と、たたみかけるように言った。

　実紗はさらに身を乗り出して有里に近づき、今にもイスから転げ落ちてしまいそうだ。

「商店街の裏路地……うちの学校の生徒に人気のあるパン屋の手前を曲がって少し歩いたところにあるんだけど、

【ドールハウス】っていうショップで購入できるんだ。値段は作る人形によって変わるの。だけど、学生でも手に入れられる価格だし、ふたりはアルバイトもしているから余裕だと思う。理想的な彼氏と疑似恋愛するにはちょうどいい人形だと思うよ？」

　有里は、まるで自分で経験したことのようにつらつらと言葉を紡ぐ。

「危険じゃないの？」

　あたしは、有里に疑いの視線を投げかけた。

　もともと、そんなに仲のよくないグループにいる有里だ。

　いきなり話しかけられた時から、あたしは警戒していた。

　しかも、『彼氏が欲しいの？』と聞いてきたってことは、あたしと実紗の話を聞いていたってこと。

　すごく嫌な感じ。

「そんなに心配なら、一度ショップを覗いてみれば？　覗くだけで、買わなくてもいいんだから」

　有里はそう言いながら、肩をすくめてみせた。

　そして体の向きを返すと、自分の席に戻っていった。

　その一連の動作がすごく大人っぽくて、あたしは少しだけ羨ましく感じた。

　有里たちのグループは、よく彼氏や異性との出会いの話をしていて、恋愛経験があることは目に見えてわかっていた。

　あたしも彼氏ができれば、少しは大人の女に近づけるんだろうか。

　そんな思いが胸をよぎる。

「ねぇ、陽子。今日の帰り、覗きに行かない？」
　有里にまんまと言いくるめられてしまった実紗が、あたしの腕を掴んで尋ねてきた。
「少しだけなら、いいけど……」
　大人に見える有里と子どもっぽさが抜けきらない自分を見比べて、あたしはそう返事をしたのだった。

人間のパーツ

　その日の放課後、チャイムが鳴ると同時に実紗があたし
の席まで走ってきた。
　手にはカバンを持ち、すでに帰る準備万端だ。
「ほら、早く行こうよ。陽子」
「ちょっと待って。まだ教科書をカバンに入れてないの」
　急かす実紗をじらすように、あたしは机の中の教科書を
ゆっくりとカバンに入れた。
　なぜか嫌な予感が胸をかすめる。
　昼休みは、思わず『少しだけなら、いいけど……』なん
て答えてしまったけど、このまま実紗と一緒に【ドールハ
ウス】へ行っていいものか心が迷っている。
　こういう直感的な迷いは無視しないほうがいいと、あた
しは幼い頃から感じていた。
　たとえば、幼稚園の運動会の時──。
　あの日は朝からソワソワして落ちつかなくて、それはた
だの緊張のせいなどではないと、あたしはなんとなくわ
かっていた。
　だけど、幼すぎたのかもしれない。
　結局、決定的な理由がわからないまま運動会がはじまった。
　少しすると、園児と保護者でごった返す運動場に、帽子
をかぶったひとりの男が突然現れたのだ。
　その男は子どもがいる年齢にしては若く見えたため、園

児の兄弟だと周囲の大人たちは思っていたようだ。

　でも、その考えは間違っていた。

　男は、ズボンのポケットに小さなナイフを忍ばせていたのだ。

　演技の順番を待つ子どもたちへ、ジリジリと近づいていく男。

　運動会の見学に来ているのにカメラや荷物を持っていない男に、幼稚園の先生たちは不信感を抱いていた。

『あの、すみませんが……』

　ひとりの先生がそう声をかけたのと、男が刃物をポケットから取り出したのはほぼ同時だった。

　先生はすぐに大きな声で助けを呼んだため、大事件には発展しなかった。

　それでも運動会は途中で取りやめとなり、大勢の警察官が来て大騒ぎになった。

　男は幼稚園の近所に住んでいた浪人生で、今年大学に合格しなければ実家に帰らなければいけないという状態にあったらしい。

　ところが、自分が勉強している昼間に運動会の練習をしている園児たちの声がうるさくて、運動会を潰すつもりで乱入してきたそうだ。

　その時、あたしは自分の胸騒ぎの原因がこれだったのだと理解した。

　小学生になると、あたしはさらに敏感な子どもになり、ちょっとした変化が起こる前でも頻繁に心が揺らいだ。

なんとも言えない不安と恐れが胸の内を支配し、せわしなく周囲を見まわす。

　そんな時、決まってクラスメートの誰かが熱を出して休んだり、ケガをして救急車で運ばれたりしていた。

　大人になるにつれてその感覚は徐々に薄れていき、高校生になってからはちょっとしたことでは何も感じなくなっていたけれど、この感覚……。

　今回はどうも無視できそうにない。

「陽子、早く！」

　あたしがいつまでも時間をかけて帰る準備をしているので、しびれを切らした実紗が手を伸ばし、あたしのカバンに教科書を詰め込んだ。

「ほら、行くよ!!」

　実紗によって強引に席を立たされて、しぶしぶ歩き出すあたし。

「ねぇ、実紗。本当に人造人間を見に行くつもりなの？」

「人造人間じゃなくて人形だって、有里は言ってたじゃん。それに、少しならいいよって承諾したのは陽子でしょ」

「それは……そうだけど……」

　教室を出て廊下を歩いていると、胸騒ぎはさらに激しく胸を突き上げてきた。

　それは、まるで漆黒の闇へと自ら飛び込もうとしているあたしを、必死で引き止めるかのように……。

「ただ、別に今日じゃなくてもいいのに」

　あたしがそう言っても、実紗は足を止めない。

「善は急げって言うでしょ！」

「いいことかどうかなんてわかんないのに……」

　それどころか、あたしの訴えは放課後のざわめきにかき消されてしまったのだった。

　学校を出ると実紗の歩調はどんどん速くなり、あたしはそのあとを慌ててついていった。

「ねぇ、実紗。もう少しゆっくり歩いてよ」

「だって、早くショップに行きたいんだもん！」

　クルッと振り向いてそう言った実紗は、満面の笑みを浮かべている。

　あたしはすぐにでもまわれ右をして家に帰りたいというのに、実紗はそんなことに気づいていない。

　ついには鼻歌まで歌いはじめてしまった。

　そんな実紗のうしろについて歩いていると、あたしの不安は徐々に変化していった。

　外へ出ていろいろな刺激を受けることで感情が左右され、今では人形に多少の興味がわいてきていたのだ。

　だけど、これは正しい判断じゃない。

　心の奥に溜まった黒いモヤのような不安は徐々に徐々に溢れ出し、時折あたしの足を鉛のように重くさせるから。

「実紗、もし……もしだよ？」

「何？」

「人形を買いたくなったら、どうするの？」

　あたしの質問に実紗は足を止め、振り向いた。

「どうするって……バイトをしているあたしたちなら簡単に買えるって、有里は言ってたじゃん」

　不思議そうな顔をしてそう答える実紗。

「それって……買うってこと？」

「当たり前でしょ？」

　実紗は首をかしげてそう答えた。

「ねぇ、実紗……あたしやっぱり……」

　「帰る」と言おうとした瞬間、実紗があたしの腕をギュッと掴んだ。

「陽子は無理して買わなくていいよ」

「え……？」

「だから、陽子は見ているだけでいいから。ね？」

　そう言い、ニコッとほほえむ実紗。

　その笑顔にハッと気がついた。

　そうか、実紗も怖いんだ。

　【ドールハウス】がどんなショップなのか気になるけれど、ひとりで行く勇気はないんだ。

　だから、かたくななまでにあたしを誘ったんだ。

　そうとわかると、あたしは肩の力を抜いた。

「……わかった。一緒に行く」

　そしてそう言い、また歩き出したのだった。

　有里に言われたとおり、あたしたちは商店街の裏路地へと向かった。

　パン屋さんの角を曲がり細い路地へ出ると、アーケード

が途切れて商店街の音楽も小さくなる。

　あたしと実紗は普段足を運ばない路地に少々緊張しながら、ゆっくりと歩いていた。

　道は商店街に沿ってまっすぐに伸びていて、ガラス細工を扱う雑貨屋と隠れ家的な喫茶店、焼き鳥屋があるくらいの場所だった。

「こんなところにショップなんてあるのかな？」

　さすがに実紗も心配になってきたようで、眉間にシワを寄せた。

　その一瞬を見逃さず、あたしは「もう少し歩いても見つからなかったら帰ろうね」と、すかさずそう言った。

「そうだねぇ……」

　路地へ入ってから、すっかりさっきまでの勢いを失ってしまった実紗が頷く。

　その時だった……。

　何気なく顔を上げたあたしたちの目に【ドールハウス】という置き看板が飛び込んできたのだ。

「あった!!　本当にあったよ!!」

　実紗は走り出し、うれしそうに看板を指さす。

　あたしはその真新しいような真っ白な看板を見た瞬間、ブワッ！　と、胸の奥から真っ黒な不安が溢れ出すのがわかった。

「すごいよ、陽子！　早くおいで!!」

　実紗は手招きしてくるけど、その場から動けなくなっていたあたし。

行っちゃいけない。

　これ以上進むと、きっと取り返しのつかないことになる。

　呼吸が徐々に乱れはじめ、めまいを感じる。

　そんなあたしとは反対に、お店の前で興奮気味に騒いでいる実紗。

　きっと、ガラス製のショーウインドーの中に人形のサンプルが飾ってあるのだろう。

　あたしのほうは見向きもしなくなった。

「実紗……やっぱりダメ……帰ろうよ……」

　あたしは蚊の鳴くような声を上げるけど、今の実紗に届くわけがない。

　やがて実紗は、フラフラ吸い込まれるように店の中へと入っていってしまった。

　そのうしろ姿を見ていたら、もう二度と実紗に会えないような予感がした。

「待って、実紗!!」

　あたしは慌てて実紗を追いかけ、【ドールハウス】へと足を踏み入れたのだった。

　店内に入った瞬間、あたしはあ然として店の中を見まわした。

　真っ白なタイルに真っ白な壁。

　広さを感じる店内の真ん中に、３体の男のマネキンが立っていた。

　驚くほどリアルであたしが言葉を失っていると、実紗が

ゆっくりとそのマネキンに近づいていく。

「……ねぇ、実紗。もう帰ろうよ」

「見て、陽子！　すごくリアル！」

　やっとの思いで声を絞り出したけど、またも、実紗にあたしの言葉は届かない。

　あたしは心の中でため息をつきながら、再び店内を見まわした。

　店の壁には白い棚があり、そこには透明の筒状のケースに入れられた人間のパーツが、数えきれないくらい飾られている。

　顔面、首、胴体、腕、手、足……。

　それぞれのパーツが整然と並べられている光景は、鳥肌を立たせるのに十分だった。

　パーツが並べられている奥には、目、髪の毛など細かなパーツも売られていて、まるで人間を切り売りしているように見えた。

　ゾクゾクと背筋が寒くなり、かすかな吐き気に襲われる。

　趣味が悪すぎる。

　予告なしに、お化け屋敷に連れてこられたような気分だ。

　いや……お化け屋敷のほうがマシかもしれない。

　店に入ったところで立ち尽くしているあたしと違い、実紗はどんどん店の奥へと進んでいく。

　まるで品定めをするように、ひとつひとつのパーツを丁寧に見ていた。

　まさか、本気で買うつもりじゃないよね？

「ねぇ、実紗ってば!!」

　焦りを感じたあたしは実紗の隣に立つと、実紗の腕をきつく掴んだ。

　その声に気がついたのか、【スタッフオンリー】と書かれたドアの向こうからゴトゴトと物音が聞こえた。

「実紗、帰るよ」

　店の人が出てきたら厄介なことになると感じ、あたしは強引に実紗の腕を引く。

「少し、お店の人に話が聞きたいんだけど……」

「実紗、あんた本気なの？」

　あたしはあ然として実紗を見つめる。

　こんなに異様な光景を目の当たりにしているのに、どうして実紗は冷静でいられるのだろう。

　そう思っていると【スタッフオンリー】のドアが開き、ひとりの女性が姿を現した。

　その女性はまだ若くキレイで、首から下げている名札には【藤井】と書かれていた。

「あら、かわいい学生さんたちね。いらっしゃい、お客さんが来るのは久しぶりだわ」

　藤井さんはそう言い、ほほえんだ。

　そりゃぁこんなお店、誰も好き好んで足を運んだりしないだろう。

　あたしはそう思ったけれど、グッと言葉をのみ込んだ。

「あの、この＜彼氏人形＞について聞きたいんですけど」

　店員さんが女性だったからか、実紗がホッとしたように

口を開いた。

「なんでも聞いて？」

「これってパーツごとに買うんですか？」

「ええ。できるだけ自分の好みに近づけて購入してもらうようになっているわ。もちろん、ディスプレイしている子たちにも値段はついているけどね」

藤井さんはそう言い、真ん中に飾られている３体の人形を指さした。

「あの、やっぱり高いですか……？」

実紗が、恐る恐るという感じで尋ねる。

すると藤井さんは、「そうでもないわよ」と近くにあった腕のパーツをひとつ手に取り、あたしたちの前に差し出してきた。

あまりのリアルさに、思わずあとずさりをするあたし。

でも、実紗は真剣な表情で商品を手に取ってクルッとひっくり返すと、

「えっ……2000円なんですか？」

ボソッと呟いた。

その声には、驚きが含まれていた。

「ええ。腕の形や大きさによって少し上下するけど、だいたいその程度よ。他のパーツも高くて3500円までね」

意外とリーズナブルな値段に、実紗が買おうかどうか悩みはじめたようだ。

ジッと商品を見たまま固まっている。

あたしも、この値段設定には目を丸くした。

本物と見間違うくらいよくできているのに、驚くほど安いから。

「でも、自分の理想どおりにカスタムできるのは外見だけですよね？」

あたしは、ふと疑問に感じたことをそのまま口に出した。

「あぁ、それなら大丈夫。性格も自分好みにカスタムできるのよ」

そう言いながら、藤井さんはレジ台の下から小さなメモリーチップを取り出した。

「このチップに理想的な相手の性格を保存して、＜彼氏人形＞に差し込むの。そうすれば完全に自分の好みの男の子ができあがるってわけ」

そう説明をして、藤井さんはチップを元の場所に戻した。

あんな小さなチップ１枚で、理想どおりの性格も作れてしまうなんて、信じられない。

やっぱり早くここから出よう。

絶対に何かがおかしい……。

そう思ったのに、ずっと黙っていた実紗が藤井さんに質問しはじめた。

「総合したら、いくらくらいかかりますか？」

実紗の質問に藤井さんは少し視線を宙に泳がせると、レジ台から電卓を取り出して叩きはじめた。

「あなたたちはまだ学生だから、特別に割り引かせてもらうけど……だいたいこの程度ね」

そう言い、実紗に電卓を見せる藤井さん。

あたしも横からその金額を確認すると、今働いているアルバイト代で十分に買える金額で、驚いて目を見開いた。

　こんなものが、学生でも買えるんだ……。

「ねぇ、陽子も一緒に買おうよ」

「えぇ？　あたしはいいよ」

「なんで？　彼氏欲しいんでしょう？」

　実紗があたしの服の袖を引っ張る。

「別に彼氏なんて……」

　そう言いかけた言葉をつぐんだ。

　レジ台の横に置いてある、顔のパーツに目が奪われる。

　スッと通った鼻筋に大きな目、細すぎない顎。

　あたしの理想像が今、目の前に現れた。

　ふいに、ビリビリとしびれるような感覚に襲われる。

　と同時に、危険を感知する能力が衰えた。

「これ……」

　あたしは、そのパーツが入っている透明ケースに手を伸ばす。

　さっきは腕の入っているケースでさえ触れることができなかったのに、あたしはいったいどうしたのだろう。

　自分自身の行動に混乱しながらも、人形の顔を食い入るように見つめる。

　この目に黒目がちなキレイな瞳を入れてあげたい。

　髪はココア色の少し外跳ねをしているクセ毛。

　笑った時には、えくぼ。

　自分の理想を、どんどんその顔へ当てはめていく。

「それが陽子の好きなタイプだったかぁ〜。あたしはこっ
ちかなぁ〜」
　実紗が楽しそうに商品を見ていく。
　あたしもいつしかそれに流され、長時間店内にとどまっ
ていたのだった。

完成

　すっかり日が落ちてから家に帰り、夕飯を済ませたあたしはボスンッとベッドに身を投げ出した。

　結局、＜彼氏人形＞のパーツと性格を決めて、購入手続きまで済ませてきてしまった。

　人形ができあがったら、実紗に連絡が入ることになっている。

　実紗は大満足な彼氏ができたと手を叩いて喜んでいたけれど、帰り際、あたしの心にはまた不安の渦が巻き起こっていた。

　そして、家に帰る頃にはすっかり落ち込んでしまい、購入したことを後悔していた。

　好きなタイプの顔があったからといって自分を見失っていたあたしは、まだまだ子どもだ。

　もっと冷静に考えるべきだった。

「でも、今さら取り消せないよね……」

　不安が頂点に達して、あたしはポツリと呟いた。

　藤井さんにもらった名刺を、着ていた制服のポケットから取り出す。

　【藤井希子】、【ドールハウス・店長】と書いてある。

　そして、その下にはお店の住所と電話番号、藤井さん直通のスマホの番号。

　あたしはしばらく迷ったのち、上半身を起こした。

「やっぱり、取り消してもらおう」

　いくらバイト代で払える金額だといっても、あたしたち学生にとっては大金だ。

　後悔する買い物はしないほうがいい。

　そう思い、あたしはまずお店の電話番号をプッシュした。

　耳元でコール音が鳴り響く。

　1回、2回、3回……。

　10回ほど鳴らしても電話は取られることがなく、あたしは諦めて電話を切った。

　もう遅い時間だから閉店したのかもしれない。

　ああいう特殊なお店は開店時間が遅く、閉店時間は早い可能性がある。

　そこであたしはもう一度名刺に視線を落とし、今度は藤井さんのスマホ番号をプッシュした。

　発信ボタンを押してコール音を聞く。

　1回、2回、3回……。

　だけど、その電話も取られることはなかった。

　あたしは脱力して、再びベッドの上に寝転んだ。

　明日もう一度実紗と話し合って、それから本当に購入するかどうか決めよう。

　できたら購入を取り消すようにしてもらおう。

　そう思い、目を閉じたのだった。

　翌日、目が覚めてすぐにあたしは【ドールハウス】に電話を入れた。

時刻は7時すぎ。

何度かコールするけど、やっぱり出る気配はない。

あたしは肩を落として電話を切った。

「こんな早くから開いてるわけないよね……」

そう呟き着替えをはじめる。

登校準備をしている間にも嫌な予感は胸の中に渦巻いていて、あたしはいてもたってもいられなかった。

ドタドタと足音を響かせて1階に下り、無言のまま朝食をかき込む。

「ちょっと、今日はそんなに急いでどうしたのよ」

一緒にご飯を食べていたお母さんが、目を丸くしてあたしを見る。

「今日は朝から学校の用事があるの。じゃあ、行ってくる！」

朝食を終えたあたしは、適当な嘘をついてすぐに家を出たのだった。

学校についた時には他の生徒たちの姿はまばらで、もしかしたらクラスで一番乗りかもしれないと思った。

だけど、クラスへ入るなり先に登校していた実紗が、真っ先にあたしの元へと駆け寄ってきたのだ。

その勢いにあたしはたじろぎ、1歩あとずさる。

「こんなに早く来てたの？　それに、そんなに慌ててどうしたの？」

そう聞くと、実紗は目を輝かせてあたしを見た。

「今日【ドールハウス】からメールが来たの！　あたした

ちの＜彼氏人形＞、もうできあがったって!! 早く陽子に
知らせたくて、大慌てで学校に来たんだから!」

　興奮気味にそう言い、その場で飛び跳ねて喜ぶ実紗。

　その言葉に、あたしの思考は一瞬停止した。

「え……嘘……」

「嘘じゃないよ、ほら」

　実紗が送られてきたメールを、あたしの目の前へかざし
てみせた。

　そこにはたしかに【ドールハウス】からのメールが表示
されていて、できあがったという内容が書かれていた。

　実紗が画面をスクロールさせると、その下には２体の
＜彼氏人形＞の写真が添付されていた。

「見て、すっごいリアルでしょ」

　実紗の言うとおり、写真に写っている＜彼氏人形＞はど
こからどう見ても人間そのもので、あたしはゾクリと背筋
に寒気を感じた。

　顔、体格、スタイルすべてにおいて自分好みの人形だ。

　自分で選んだのだから当然のことだけど、こうしてすべ
てのパーツが合わさった状態を目の当たりにすると、また
恐怖に似た感情がわき上がってきた。

「今日の放課後、さっそく取りに行こうよ!」

　この薄気味悪い人形を実紗はひどく気に入っているよう
で、ニコニコと笑顔を絶やさない。

「で、でも、今日はお金ないから……」

「銀行に寄ってから行けばいいじゃん」

「でも、バイト代が入ってからでも……」

「給料日までなんて待っていられないよ！」

　実紗は眉間にシワを寄せ、頰を膨らませてそう言い返して
きた。

　グズグズしているあたしを、急かしたいらしい。

　一方あたしのほうは、実紗を説得してキャンセルしよう
と思っていたのだから、こんなに早くできあがることは想
定外だった。

　これからキャンセルなんかできないだろうし、できたと
してもキャンセル料金が発生するかもしれない。

　あたしはその場所で頭を抱えてうずくまってしまいたく
なる気持ちを、必死で胸の奥にしまい込んだ。

「とにかく、支払いや受け取りはあとまわしになってもい
いから、今日行くだけ行ってみようよ」

　実紗が少し落ちついた口調でそう言った。

　注文したくせに行く気にならないあたしに疑問を持ち、
イライラするのを実紗は我慢している。

　このまま言い合いをしていても無意味だし、ケンカに発
展してしまうかもしれない。

「……わかった。行くだけ行ってみようか」

　あたしはしぶしぶ頷いたのだった。

　気の進まない予定が入っている日に限って、放課後は
あっという間にやってくる。

　授業中、休み時間中と、あたしは実紗の気が変わるので

はないか、と少しだけ期待をしていた。

　だけど、実紗の気持ちは変わらず、授業がひとつ終わるたびに表情はどんどん明るくなっていった。

　その理由は聞かなくてもわかっている。

　【ドールハウス】に＜彼氏人形＞を取りに行くからだ。

「じゃ、行こうか陽子」

　ホームルームを終えてすぐにあたしの机の前にやってきた実紗に、あたしは観念した。

「……うん」

　そう返事をして力なく立ち上がる。

　いつもは軽いはずのカバンが、重く感じた。

　実紗の飛び跳ねるような軽快な足取りに比べ、あたしはズルズルと足を引きずるようにして歩く。

　こんな正反対なあたしたちを見て、クラスメートたちは首をかしげた。

　それでも普段から仲の良いあたしたちを引き止めるような子はいなくて、あっさりと教室を出てしまった。

　それから数十分後、あたしは実紗のうしろについて歩きながら、昨日と変わらない商店街を歩いていた。

　パン屋さんのニオイが鼻につき、食欲の失せた胃をギリギリと締めつける。

「おいしそうなニオイだね」

　と言って立ち止まりそうになる実紗を急かし、あたしたちは裏路地へと抜けた。

パン屋さんのニオイがなくなり、ホッと胸を撫で下ろす。

しかし、そこから【ドールハウス】まではあっという間だった。

昨日は少し迷ったから時間がかかったけれど、今日は路地へ入った瞬間、看板を見つけることができた。

看板が目に入った途端、実紗が走り出す。

「ちょっと、実紗！　待ってよ!!」

慌てて実紗を追いかけようとして足が絡まる。

こける寸前のところでなんとか体勢を戻し、あたしは実紗を見た。

実紗はあたしのほうを振り返ることもなく、店の中へと吸い込まれていってしまった。

「まったくもう……」

ブツブツと文句を言いながら、このままひとり帰ってしまおうかという考えが頭をよぎった。

まわれ右をして商店街に戻り、自宅へと続く道に出てしまおうかと。

だけど、あたしは重たい足を【ドールハウス】へ向けて動かしはじめた。

それは自分の理想的な＜彼氏人形＞を少しだけ見てみたいという願望と、怖いもの見たさが混じった結果だった。

店の前に近づくと、ショーウインドーの向こうにカッコいい男の子の人形が見えた。

女の子なら、誰でも立ち止まって見とれてしまいそうなイケメンの人形だ。

昨日と同様にお店のドアを開けると、そこにはすでに藤井さんの姿があり、実紗と楽しそうに話していた。

　あたしがふたりの近くまで行くと、ようやく藤井さんはあたしの存在に気がつき、「あら、いらっしゃい」と、笑顔を浮かべた。

　あたしはあいまいな笑顔を浮かべ、体のパーツに囲まれている異様な光景に吐き気を覚えた。

「ふたりの人形、とっても素敵にできあがっているわよ」

　藤井さんはそう言うと、いったんスタッフルームへと入り、すぐに大きなダンボール箱を抱えて戻ってきた。

「はい、これが実紗ちゃんの彼氏ね」

　そう言うと藤井さんはまたスタッフルームに戻り、そして同じ大きさのダンボール箱を運び出してきた。

「これが陽子ちゃんの彼氏」

　そう言い、ふぅと息を吐き出す。

「あの……重たいんですか?」

「まぁ、そこそこ大きさがあるからね。でも大丈夫よ、ちゃんと自分たちで歩いて帰ることができるから」

　そう言うと、藤井さんは実紗のほうの箱を開けた。

　箱は側面がパッタリと開くようになっていて、その中には目を閉じ、日に焼けた青年が立っていた。

「すごぃい!!　カッコいい!!」

　実紗が興奮気味に声を上げて目を輝かせる。

　たしかに……目を閉じていてもすごくカッコいいのがわかる。

1章 ≫ 35

「実紗ちゃん、自分でスイッチを入れてみる？」

藤井さんがそう聞くと、実紗は「はい！」と大きな声で返事をした。

人形のスイッチは右足首のうしろ、人間で言う腱の場所についていて、見た目は家にある電気のスイッチと同じようなものだった。

「これを入れればいいんですか？」

「そうよ、入れてみて」

さすがに実紗も少し緊張するのか、スイッチを押すことをためらいあたしに視線を投げてきた。

あたしは、またあいまいな笑顔を浮かべる。

でも実紗は安心したようで、人形へ向き直ると、今度は躊躇せずにスイッチを入れた。

瞬間、目を閉じていた人形が今まさに目覚めたというように目を開き、少し首を曲げて周囲を確認した。

その細かな仕草は人間そのもので、あたしは数歩あとずさってしまった。

「本当に動いた……！！」

実紗がそう言うと、人形は実紗へと視線を移し……そして笑顔を浮かべたのだ。

「やぁ、実紗」

人形は滑らかな口調で実紗の名前を呼ぶ。

「人形にはすでに自分の彼女の情報はインプットされているの。もちろん、顔の認識もできるのよ」

藤井さんが得意げに話す。

実紗はキャアキャア騒ぎながら、さっそく＜彼氏人形＞にいろいろと話かけている。

　その様子に藤井さんは満足そうにほほえみ、そしてあたしを見た。

「今度は陽子ちゃんの人形ね」

　藤井さんがそう言いながら箱に手をかける。

「はい……」

　あたしはゴクリと唾を飲み込み、胸の前で手を握りしめた。

　あたしが作った人形は、いったいどんなふうにできあがっているんだろう。

　実紗の人形があまりにもカッコよくて、期待と緊張とが入り混じる。

　さっきまでの嫌な予感は、心の奥へと押し込められていた。

　藤井さんがゆっくりと箱を開くと、段ボールの側面がパタンッと軽く音を立てて地面へと落ちる。

　そこに現れた青年に、あたしは息をのんだ。

　背が高くて手足が長く、色白の肌……。

　まさに自分が思い描いていたとおりの青年が、そこに立っていたのだ。

　恐怖心など吹き飛んでしまい、あたしは気がつけば人形のすぐ目の前に立っていた。

　そっと手に触れてみると、人間らしい柔らかさと温もりを感じた。

「どう？　気に入ってもらえたかしら？」

　藤井さんがあたしに尋ねてくる。

あたしはほとんど無意識のうちに「はい。とても……」
と、返事をしていた。
「それならよかった。昨日は電話に出られなくて、まさか
人形を取りやめる電話だったのかしらって、ずっと気に
なっていたの」
「……いいえ、ちょっと気になることがあって電話しただ
けです」
「気になることって？」
「彼を見て解決したから大丈夫です」
　あたしはツラツラと嘘を並べた。
　この人形を持って帰りたい……。
　自分だけのものにしたい、という欲求がわいてきている。
「それならよかった。さぁ、陽子ちゃんもスイッチを入れ
てみてね」
　藤井さんにそう言われ、あたしはしゃがみ込んだ。
　ブルーのジーンズをまくり上げ、靴下を下げる。
　すると、そこに実紗の人形と同じスイッチがあった。
　もう戸惑いはなかった。
　部屋の電気をつけるのと同じ感覚でスイッチを押すと、
パチッと小さな音がして彼がゆっくりと目を開けた。
　あたしは立ち上がって彼と視線を合わせる。
「陽子、こんにちは」
　彼の声はさざ波のようで、目を閉じていつまでも聞いて
いたくなるような声色だった。
「……はじめまして」

あたしは緊張しながらそう言う。

　すると、彼はおかしそうに笑い声を立てて「何を言っているんだい、陽子。俺たちはずっと前から付き合っているじゃないか」と、言った。

　どうやら彼の中であたしは、ずっと前から付き合っている彼女と認識されているらしい。

「＜彼氏人形＞には、彼女である購入者の情報がすべて入っているわ。生年月日や学校名から趣味なんかね。その他には、彼氏としてのオリジナルの記憶が入っているの」

　藤井さんが、＜彼氏人形＞について説明をはじめた。

　あたしと実紗はそれぞれの人形に見惚れながら、ぼんやりとその話を聞く。

「人形があたしたちの個人情報を知っているなんて、大丈夫なんですか？」

　あたしがそう尋ねると、藤井さんはおかしそうに笑い声を上げた。

「そんなことを聞いたのは、陽子ちゃんが初めてよ。＜彼氏人形＞が、彼女の個人情報を流すなんてありえないわ」

「そうなんですか？」

「ええ。だってこの人形はあなたたちのための人形なんですもの。あなたたちが嫌がることをすると思う？」

　あたしたちのための人形……。

　あたしは、ジッと＜彼氏人形＞を見つめた。

　人形は見つめられて、少し戸惑ったような表情を浮かべている。

彼は、あたしの理想どおりの彼氏。

あたしのことを傷つけたりはしない。

「他に質問は？」

藤井さんがそう聞いてくる。

あたしは「とくにありません」と、返事をしたのだった。

それからあたしと実紗は＜彼氏人形＞の取り扱いについていくつか説明を受け、店を出た。

お金は後日、振り込めば大丈夫だそうだ。

すっかり＜彼氏人形＞の魅力に取りつかれてしまったあたしたちは、家に帰るまでにそれぞれの＜彼氏人形＞に名前をつけた。

実紗の＜彼氏人形＞には葵、あたしの＜彼氏人形＞には蒼太と名づけた。

こうしてふたつの彼氏を並べてみると、あたしたちの異性の趣味はまったく別だということに気がついた。

葵君は健康的に日焼けした肌をしていて、短髪でスポーツマン。

性格は積極的。

一方の蒼太は色白で大人しく、保守的な性格をしている。

男らしい人が好きだといっても、見た目や細かな部分はずいぶんと違うようだ。

「じゃぁ、また明日ね。陽子」

いつも別れる十字路まで来ると、実紗が立ち止まる。

「うん。またね」

いつもなら、ここからひとりになる帰り道。

　あたしは蒼太とふたりで歩き出した。

　いつもは少し寂しくなって、実紗と別れた瞬間にスマホを取り出す帰り道。

　今日は蒼太と手をつないでいるから、スマホをいじる手が空いていない。

　緊張して手のひらに汗をかいていたけれど、蒼太はそんなこと気にしていない様子でずっと笑顔でいてくれた。

　行き交う人がチラチラと蒼太を見て、羨ましそうにしているように見える。

　こんなにカッコよくて優しい彼氏と歩けるなんて、本当に夢のようだ。

　あたしはすっかり優越感に浸っていたのだった。

2章

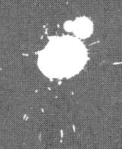

感謝

　翌日、あたしはうしろ髪を引かれる思いで蒼太を部屋に残し、学校へと向かった。

　＜彼氏人形＞は食べたり飲んだりしないので、当然排便もしない。

　いつまでも待っていろと言われると、大人しくそれに従う人形だった。

　物音ひとつ立てることなくその場にいることができるし、人の気配を感じればクローゼットに隠れるように言ってある。

　親に見つかる心配は、まずないと思う。

　それでも蒼太ひとりを部屋に置いていくのは忍びなくて、あたしは何度も「ごめんね」と繰り返してから家を出た。

　教室に入ると、実紗が先に来ていた。

　しかし、実紗はソワソワと教室の中を歩きまわっていてあたしに気がつかない。

「実紗、どうしたの？」

　そう声をかけると、実紗はようやくあたしの存在に気がついて駆け寄ってきた。

「陽子！」

「何よ、そんなにソワソワしちゃって」

「だって、人形を家に置いておくのが気になっちゃって……」

　そう言い、不安そうな表情を浮かべる実紗。

そうか、それで意味もなく教室の中を歩きまわっていた
んだ。
　あたしはすぐに納得した。
「そうだよね。あたしも気になる」
「人形って言っても彼氏だもんね」
　実紗がそう言い、苦笑いをする。
「そうそう。彼氏を部屋に置いておくって今まで経験した
ことないしね」
　そもそも彼氏がいたこともないあたしたち。
　人形が相手とはいえ、何をどうしていいのかわからない。
　ただ、普通の人間が相手だと沈黙が苦痛になる時がある
けれど、人形相手だからその沈黙も平気だった。
　それは蒼太がいつも笑顔を浮かべてくれているからで、
生身の人間にはマネできないことだった。
　あたしと実紗がふたりで＜彼氏人形＞のすごさについて
話していると、有里が教室に入ってきた。
「あ、有里！」
　実紗がそれに気がつき、手招きをする。
「何？」
「あたしたちの人形、昨日届いたの」
　少し声量を抑え、実紗がそう言う。
「あぁ、そうなんだ」
　実紗の言葉に、どこかそっけなく返す有里。
　それは教室内で他の生徒がいるから聞かれたくないのだ
と思ったあたしたちは、すぐに話題を変えた。

「ねぇ、有里は＜彼氏人形＞作らないの？　すっごく楽しいよ？」

　あたしがそう聞くと、有里は眉間にシワを寄せた。

「有里は彼氏いるじゃん」

　と、実紗。

「え、そうなの？」

　それなら有里は＜彼氏人形＞を作る必要がないんだ。

　そう思っていると、有里がため息をつきながら「彼氏とは別れた」と、ひと言言った。

「あ……そうだったんだ」

　実紗が申し訳なさそうに表情を歪める。

「話がそれだけなら、もう行くね」

　そう言い、有里は自分の席へと向かった。

　それっきり、有里はあたしたちの会話に入ってくることはなく、いつもどおりまったく別のグループとして過ごしていたのだった。

　有里の態度が少し気になったものの、彼氏と別れたばかりで気が立っているのだろうと思ったあたしたちは、いつもと変わらない調子で授業を受けた。

　ただ違うところと言えば、授業中に蒼太のことを思い出すということだった。

　昨日は寝るまでの間に蒼太といろいろなことを話した。

　好きな小説の話。

　好きな音楽の話。

好きな季節の話。

その回答のどれもがあたしを共感させ、納得させた。

あたしの情報をインプットしているのだから当然かもしれないけど、その中にも新しい意見や発想があり、あたしは絶えず新鮮さも感じていたのだ。

今まで好きな人ができたことはあったけれど、それ以上のドキドキを蒼太に感じていた。

授業中も休憩中も、気がつけば蒼太の顔を思い浮かべてニヤけている自分がいる。

恋愛に興味のない自分がこんなにあっけなく異性にのぼせてしまうなんて、自分自身が一番驚いていた。

そんな浮足立った状態で昼休みを迎え、お弁当を食べていた時のこと。

「ねぇ、今日の放課後ダブルデートしない？」

あたしがご飯を飲み込むと同時に、実紗がそう言った。

あたしは驚いて目を見開き、危うくご飯を喉に詰まらせるところだった。

「ダブルデート……？」

「そう！　せっかく初めての彼氏ができたんだし、楽しまなきゃ損じゃない？」

「それは……そうかもしれないけれど……」

デートの経験もないあたしが、いきなりダブルデートなんて言われてもピンと来ない。

悩んでうつむき、お弁当を凝視する。

そうしていると、実紗が「ダメ？」と、あたしの顔を覗

き込んできた。

「ダメじゃないけど……」

「実はあたしデートとかしたことなくて……だから陽子、一緒に行こうよ、ね？」

　観念したように実紗が本音を漏らした。

　その言葉にあたしは思わずプッとふき出してしまった。

　なんだ、実紗もあたしと同じで不安だったんだ。

　葵君とふたりで出かけることに緊張するから、誘ってきたみたいだ。

　それなら、あたしだって断る理由はない。

　そう思ったあたしは、すぐに「いいよ」と、返事をしたのだった。

ダブルデート

　放課後。

　あたしたちはいったん家に戻り、互いの＜彼氏人形＞を連れて十字路に集合するように待ち合わせをしていた。

　家につくと大急ぎで部屋に入る。

　蒼太は朝と同じ場所でちゃんと待っていてくれて、あたしが部屋に入ると笑顔を浮かべて「おかえり」と、言ってくれた。

　とくに何かあったわけでもなさそうで、あたしはホッと胸を撫で下ろす。

「ただいま蒼太。ねぇ、今から一緒に出かけない？」

　そう言うと、蒼太は少し小首をかしげて「デート？」と、聞いてきた。

　その言葉に一瞬にして体中が熱くなる。

　理想的な異性にデートかと尋ねられることが、こんなにドキドキすることなのだと、初めて知った。

「ま、まぁデートかな」

　ドキドキしながら冷静さを装い、あたしはそう返事をした。

「わかった。じゃぁ部屋の外で待っているね」

　そう言い、蒼太はすぐに部屋の外へ出た。

　一瞬、待つって何を？

　と思ったけれど、今の自分の服装を見て気がついた。

　そうだ、あたしはまだ制服のままだったんだ。

あたしが着替えるために蒼太は部屋を出たんだ。

　どこまでも気が利く蒼太に、あたしはフフッと笑みをこぼしたのだった。

　デートだと意識してしまうとなかなか服が決まらなくて、結局あたしは、いつもどおりジーパンにＴシャツというラフな格好になってしまった。

　それでも、部屋を出ると蒼太はすぐさまあたしの服装を褒めた。

「すごくかわいいね。似合っているよ」

　そのあとも聞いているこっちが照れてしまうようなセリフの連続で、最終的にあたしが「もういいから」と、蒼太を止めたくらいだ。

　そして、あたしたちはようやく家を出た。

　ふたりでのんびり歩いていると、前方に実紗の姿が見えた。

　実紗もあたしたちに気がついて手を振る。

「陽子の友達だね。俺が目を覚ました時にいた子でしょ？」

「そうだよ。友達の実紗。一緒にいるのが彼氏の葵君ね」

　あたしがそう言うと、蒼太は何度か頷いた。

　こうして情報を吸収していくのだと藤井さんは言っていた。

　さらに、本当に人間と何も変わらない人形なのだと。

「おまたせ、実紗！」

「陽子、デートなのにラフすぎ」

　さっそく実紗にダメ出しを食らい、あたしはペロッと舌を出して笑った。

そういう実紗も短パンにＴシャツ姿で、あたしとたいして変わらない。

「デートの服選びって大変だね」

「そうだね。あたし、こんなに真剣に悩んで結局決められなかったこと……初めてかも」

あたしはそう言い、笑う。

彼氏がいる子は、放課後や週末はいつもこんなふうに楽しんでいるのかもしれない。

そう思うと、羨ましく感じてあたしは蒼太を見た。

蒼太は小首をかしげてあたしを見ている。

これからは、蒼太と一緒に楽しいことを重ねていけたらいいな。

なんて考えて、ひとりで頬を緩めた。

行先も決めずに４人でなんとなく歩いていると、「今日はどこへ行く？」と、蒼太が言った。

「そういえば行先を決めてなかったね」

と、実紗。

あたしと実紗は目を見かわせる。

こんなに素敵な彼氏を連れているんだから、いろいろな人に自慢したい。

そんな気持ちが生まれてくる。

「人が集まる場所といえば遊園地とか？」

あたしの気持ちを察したように実紗がそう言ってきた。

「でも、今から遊園地に行ってもあんまり遊べないよね」

あたしは、スマホで時間を確認してそう返す。

移動時間まで考えると、帰るのがかなり遅くなってしまう。

　結局、どこに行くか決まらないまま歩いていると、次第にお腹がすいてきた。

　学校が終わってから何も食べずに来たからだ。

　結局、あたしたちは近くのファミリーレストランに入ることにした。

　赤いエプロンをつけた女の店員さんが出迎えてくれて「４名様ですね」と言うと、あたしの心臓はいちいちドキドキした。

　実紗のほうがどっしりと構えていて、「そうです」と、返事をする。

　案内された席へ座ると、自然と蒼太があたしの横に座った。

　そしてあたしの前には実紗、その横に葵君。

　これはどこからどう見てもダブルデートの光景で、心が浮足立ってくる。

　なんといっても、あたしたちの隣にいるのは完璧な男子だ。

　時々女性客がこちらを見ていることにも気がつく。

　席まで案内してくれた店員さんも、葵君と蒼太に視線を奪われてしまっている。

　そんな中、あたしと実紗は、それぞれにオムライスとパスタを注文した。

　店員さんは何も注文しない葵君と蒼太に少し不思議そうな顔をして、席を離れていった。

「やっぱり＜彼氏人形＞ってすごいね」

　小声で実紗に言うと、実紗もその視線を感じていたよう

で小さく頷いた。

「だってすごくカッコいいもん」

「あたしたち不釣り合いじゃないかな？」

　不意に、ラフな格好をしてしまった自分が悔やまれた。

　せっかく初めてのデートなんだから、時間がかかっても
ちゃんと服を選べばよかったのかもしれない。

　でも、実紗はそんなこと気にしていない様子で、運ばれ
てきたオムライスを口に運ぶ。

「不釣り合いは百も承知だよ。あたしたちは人形じゃない
んだもん」

「そっか……」

　あたしたちは理想の彼氏を作ったけれど、あたしたちが
理想の彼女というわけではない。

　人間を骨格ごと変えようとすれば、膨大な時間と費用が
かかってしまう。

　だから気にするだけ無駄なのだ。

　そうとわかった途端に自分の容姿はどうでもよくなって、
あたしも自分のパスタにフォークを伸ばした。

　そうしてお腹を満たしていると、蒼太と葵君が何を思っ
たのかテーブルに設置されている箸を手に持った。

　何をするのかと見ていると、ふたりともあたしたちの食
べ物に箸を伸ばしてきたのだ。

「ちょ、ちょっと、ストップ!!」

　あたしと実紗は慌ててふたりを止めた。

　蒼太の持っていた箸が音を立てて床に落ちる。

「これはあたしたちが食べるもので、ふたりは食べちゃダメ」

　実紗がきつくそう言う。

「蒼太と葵君にはバッテリーがついていてね、充電すれば大丈夫なのよ」

　あたしはそう言い、バッテリーの入っている背中をトンッと叩いた。

　蒼太と葵君は互いに目を見かわせて、そして同時に小首をかしげた。

　どうやら理解できていないようだ。

　人形は人間に近づくように作られているため、時にこうした混乱が起きるのだと、藤井さんは言っていた。

　だけど、それも根気強く教えれば大抵問題なく、日常生活を送ることができるようになるらしい。

「とにかくこれは食べちゃダメ。わかった？」

　そう言い、あたしは残りのパスタを口に入れた。

　蒼太はあたしの豪快な食べっぷりに目を丸くし、そして「おいしかった？」と、ほほえんだ。

　あたしは頷き、ナフキンを手に取る。

　すると蒼太がスッとあたしの顔へ手を伸ばしてきた。

　今度はいったい何？

　と思っていると、あたしの口元についていたパスタのクリームを指先でスッとぬぐったのだ。

　その自然な動きにドキンッと心臓が高鳴る。

「蒼太君、なかなかやるわね」

　実紗が感心したようにそう呟いたのだった。

アルバイト

初めてのダブルデートという幸せな時間は、あっという間にすぎていってしまう。

ご飯を食べて近くのゲームセンターに立ち寄り、4人でプリクラを撮り、対戦ゲームをしていると、いつの間にか外は暗くなっていた。

まだまだ遊び足りなかったけれど、＜彼氏人形＞の支払いが待っているあたしと実紗は、このあとアルバイトの予定を入れているのだ。

出勤時間ギリギリまで遊んだあたしと実紗は、またうしろ髪を引かれる思いで＜彼氏人形＞と別れることになった。

家族にバレることなく家に帰るように指示を出しているから、ちゃんとそれに従ってくれるはずだった。

頭ではしっかりそれを理解していても、食べられない物を食べようとしていたふたりを思い出すと、どうしてもソワソワして落ちつかない。

同じコンビニでアルバイトをしているあたしたちは、終始＜彼氏人形＞のことを気にしながら働くことになったのだった。

アルバイトの終了時間は夜9時。

あたしはレジを打ちながらチラチラと外を確認する。

蒼太はもう家に帰っているよね？

家族に見つからないように、ちゃんと部屋に戻れただろ

うか？

　もし見つかっていたら、怒られることを覚悟しておかなくちゃいけない。

　親に無断で何万円もする人形を買ったなんてバレたら、最悪返品させられる可能性もある。

　それ以前に、気味悪がるに違いない。

　蒼太との楽しい時間が奪われると思うと、いてもたってもいられない気持ちになった。

　いつもの集中力なんてまったくない状態でレジを打っていたから、何度もお釣りをレジの下へと落としてしまった。

「申し訳ございません」

　慌ててお釣りを手渡すと、お酒の入ったお客がくさい息と一緒に暴言を吐いて店を出ていった。

「陽子、大丈夫？」

　実紗が心配して、隣のレジから移動してくる。

「あはは、ちょっと失敗しちゃった」

　あたしはそう言い、ペロッと舌を出す。

「嫌な客だね」

　実紗は小声でそっとそう言う。

「でもミスをしたのはあたしだし、仕方ないよ」

　あたしが反省した声でそう言うと、実紗は少し眉を下げてあたしを見た。

「蒼太君のことが気になる？」

　そう聞かれて、あたしはまたチラリと店の外へ視線をやった。

ヨロヨロしながら歩いている、さっきの酔っ払いのうしろ姿が見える。
「葵君のことは気にならない？」
「気になるに決まってんじゃん」
　実紗はそう言い、深くため息を吐き出した。
「やっぱり、気になるよね。無事に帰れたかどうか」
「うんうん。たぶん大丈夫だとは思うけど、葵はイケメンだから途中で逆ナンされてないか心配で……」
　実紗がそう言うので、あたしは〝そうか、そういう心配もあるのか〟と思った。
　実紗に話したことで心配は大きくなってしまい、それから先の業務もロクに身が入らなかったのだった。

　いつも実紗と一緒にアルバイトをしているとあっという間に終わるのに、今日だけはいつもの何倍も時間が経過したように感じていた。
　それは実紗も同じだったみたいで、制服を脱ぎながら「早く帰ろう」と、あたしを急かした。
　今日たくさんミスしてしまったことよりも、＜彼氏人形＞のことがあたしたちの頭を支配していた。
　そんなあたしたちが一緒に帰っていると、当然のように＜彼氏人形＞の話題になる。
　明日は学校もバイトも休みの日だ。
　＜彼氏人形＞と初めて丸１日を一緒に過ごせる日。
「明日は実紗もバイト休みだよね？　またダブルデートで

もする？」

　あたしがそう聞くと、実紗は少し考えるように空を見上げた。

「明日は、彼氏とふたりきりで過ごしてみない？」

　実紗のその言葉に、あたしは反射的に頬を赤らめた。

　イヤラシイ意味で言ったわけじゃないのはわかっていたけれど、"異性と1日ふたりきり"ということをやけに意識してしまった。

「それでさ、それぞれどんな休日だったか学校で話そうよ」

「……うん、わかった」

　あたしは少し照れながらも頷く。

　明日のことなのに、今から少しドキドキしている。

　＜彼氏人形＞という存在の大きさに、あたしは改めて気がついた。

　そして、いつもの十字路へとさしかかり、あたしたちはいったん足を止めた。

「じゃぁ、またね陽子」

「うん。気をつけてね」

　あたしよりも少しだけ家の遠い実紗にそう言い、あたしは再び歩き出したのだった。

　家に戻ってすぐに自室へと入ると、そこには朝と同じような場所に座っている蒼太の姿があった。

「お帰り、陽子。バイトお疲れ様」

　そう言い、ニッコリと笑う蒼太。

「ただいま、蒼太」

　あたしは蒼太にそう言うと、フッと体の疲れが抜けるような感覚を味わった。

　蒼太のこの笑顔だけでアルバイトの疲れが飛んでしまうなんて……あたしは自分の単純さに思わず笑った。

　だけど、恋をすると、きっとみんなこうなるものなんだろう。

「どうしたの、陽子。何か楽しいことでもあった？」

　ほほえんでいるあたしに、蒼太が聞く。

「ううん。なんでもない。ご飯とお風呂を済ませてくるから、蒼太は先に寝てて？」

「あぁ、ありがとう。でも、陽子が部屋に戻ってくるまで起きて待っているよ」

「そっか……。じゃぁ待っててね」

　あたしはそう言うと、部屋着に着替えて1階へと下りたのだった。

蒼太の思い出

　部屋で彼氏が待っていると思うと、食事中もお風呂に入っている時も、自然と鼻歌がこぼれた。

　蒼太の笑顔を思い出し、クスッと笑う。

　そんなあたしを見てお母さんは怪訝そうな表情を浮かべていたけれど、あたしはそれに気がつかないフリをした。

「今日は楽しそうね」

　お風呂から出たところでお母さんがそう声をかけてきた。

　あたしはどうにか笑みを押し込め、振り返ってお母さんを見る。

「そう？」

「何かいいことでもあった？」

「実紗と一緒に買い物に行ったらかわいい服を見つけたの。次のバイト代が出たら買うつもり」

　あたしはスラスラと嘘を並べ、そしてほほえんだ。

「そうだったの。バイトもいいけど、勉強も頑張るのよ？」

「わかってる。進学できなくなっちゃったら大変だもんね」

　あたしはそう返事をした。

　するとお母さんは少し安心したように頷き、リビングへと戻っていった。

　あたしはそのうしろ姿を見送り、ホッと胸を撫で下ろす。

　嘘をつくのは心苦しいけれど、うまく騙せたことに安心している自分がいる。

あたしは、濡れた髪をタオルドライしながら階段を上がっていく。

　お風呂のあとはいつもリビングでダラダラとテレビを見ているあたしが、すんなり2階へ上がっていくので、両親は目をパチクリさせているだろう。

　<彼氏人形>は人間と同じで目を閉じて眠ることで自然充電されるのだと、藤井さんから聞いていた。

　特別な燃料もいらないし、電気も使わない。

　エコで便利なアンドロイドだと言っていた。

「蒼太、まだ起きてる？」

　声をかけながら部屋のドアを開けると、蒼太が閉じていた目を開けた。

「おはよう陽子」

「ごめんね、起こしちゃった？」

　そう聞くと、蒼太は左右に首を振った。

「大丈夫、待っている間に充電していただけだから」

「そっか。ならよかった」

　あたしはそう言い、ほほえむ。

　寝る前に蒼太と何を話そうか。

　今日のダブルデートについて何か感じたことがあるか、聞いてみようか。

　そんなことを考えながら、ドライヤーで髪を乾かす。

　本当に、少しの間でも蒼太のことを考えるようになっていて、あたしは思わず笑みをこぼした。

　髪が完全に乾いてからドライヤーを止めると、蒼太があ

たしのうしろへ歩み寄ってきた。

「何?」

　と、聞くと同時に、うしろから優しく抱きしめられる。

　突然のことで、一瞬心臓が止まるかと思った。

　蒼太の腕があたしのお腹のあたりで組まれ、その距離、
0センチ。

「陽子、いいニオイ」

　そう言い、あたしの首筋に顔をうずめる蒼太。

　その感覚がくすぐったくて、あたしは思わず首をすくめた。

　これはいわゆる、恋人同士のイチャイチャというやつだ
ろうか?

　そんな経験は一度もないあたし。

　とにかく心臓がドクドクと早くなり、顔がほてって火が
出るように熱い。

　人形相手に何をしているんだと思われそうだけれど、これ
ほどまでにリアルにできた人形相手なんだから、仕方がない。

「あ、あの……離して?」

　あたしはどうしていいかわからずに、おずおずとそう
言った。

　すると、蒼太は何も言わずにあたしから体を離した。

「……ごめん。嫌だった?」

　悲しそうな声に振り返ると、眉をハの字に歪めている蒼
太がいた。

「い、嫌とかじゃなくて。あたしこういう経験をしたこと
がないから、どうしたらいいかわからなくて!!」

慌てて、早口で誤解を解く。

「俺とは何度も抱き合っただろ？」

その言葉に、あたしの顔はカッと熱を帯びた。

そうか……。

蒼太の記憶では、初めてなんかじゃないんだ。

「き、今日は、ちょっと……照れくさくて……」

「そうなんだ？」

蒼太は不思議そうな表情を浮かべたけれど、すぐにいつもの笑顔になった。

蒼太の笑顔にホッとするあたし。

彼氏としての人形だから、当然イチャイチャするサービスもついているようで、この先心臓が持つのかどうか少しだけ不安に感じた。

だけど、それから蒼太はあたしとある程度の距離を保ったまま、会話を続けた。

それは今日のデートについてではなく、勝手に作られインプットされているあたしたちの記憶だった。

蒼太の中では、あたしたちは高校入学と同時に付き合いはじめた周囲も公認のカップル、という設定になっているらしかった。

高校１年生の夏休みに初めてふたりで遠くへ出かけて、そこで夕日を見ながらキスをした。

高校１年生の終わりごろに些細なことでケンカをして、別れそうになった。

高校２年生になった１年目の記念日で、ふたりは結ばれた。

など、懐かしそうに目を細めて蒼太は話した。

　あたしは話を聞いてその光景を想像してみると、まるであたしたちは本当に前から付き合っているカップルのような錯覚を覚えた。

　目を閉じれば夕日をバックにしたキスシーンが瞼の裏に浮かんでくるし、ケンカした時の素直になれない感情もリアルに感じることができた。

　"結ばれた"という日だけは恥ずかしくて想像できなかったけれど、それだけ綿密に作り上げられた記憶を蒼太は持っている、ということだった。

　あたしは蒼太の昔話に耳を傾けながら、徐々に瞼が重たくなるのを感じていた。

　蒼太の声はさざ波のように心地よい。

　上手に抑揚をつけて話すその声は、まるで子守唄のようだった。

　蒼太の声が遠くに聞こえてきた頃、誰かがあたしの体を抱え上げ、馴れた手つきでベッドの上へと移動させてくれた。

　布団に包まれている感覚に安心したあたしは、そのまま眠りについてしまったのだった。

葵君がいない!?

　耳元でうるさくスマホが鳴ったのは、夜中のことだった。

　いきなりの着信音に驚き飛び起きるあたし。

　枕元を見るとスマホがせわしなく光り、着信を知らせているのが目に入った。

「こんな時間に誰？」

　ブツブツと文句を言いながらスマホを見ると、そこには実紗の名前が表示されていた。

　時刻は夜中の２時をすぎていて、あたしは目を丸くする。

　実紗はこんな真夜中に電話をかけてくるような、常識のない友達ではない。

　あたしはベッドの上に座り、すぐに電話を取った。

「もしもし、実紗？」

　あたしがそう言い終わるより早く、実紗は口を開いた。

《陽子どうしよう！　葵が帰ってこないの!!》

　焦った口調でそう言う実紗。

「帰ってこないってどういうこと？」

　ダブルデートをして葵君と別れてから、もう何時間も経過している。

《アルバイトから帰ったら葵の姿がどこにもなくて、家中探してもいなくて……。それで、今までずっと近所を歩きまわって探していたんだけど、やっぱり見つからなくて……》

　実紗の声は徐々に小さくなり、最後にはすすり泣く声が

聞こえてきた。

　あたしは立ち上がって部屋の電気をつけ、部屋の隅で座って目を閉じている蒼太を確認すると、ホッと胸を撫で下ろした。

「実紗、今どこにいるの？」

　そう聞くと、実紗は近所の公園にいるのだと答えた。

　いくら家が近くても、こんな時間に女の子がひとりで公園にいるなんて危険だ。

「あたしもすぐそっちに行くから。待ってて」

　あたしはそう言って電話を切ると、すぐに着替えて家を出たのだった。

　実紗は、大きな公園のベンチで肩を落としてひとりで座っていた。

　その格好はバイトが終わった時と同じ服装で、秋の真夜中にはどう見ても寒すぎる。

　あたしはすぐに実紗へ駆け寄り、「大丈夫!?」と、声をかけた。

　実紗はゆっくりと顔を上げたが、その目は赤くなっていた。

　きっと、ずいぶんと泣いたのだろう。

「陽子……どうしよう……」

　実紗が冷たい手であたしの手を握る。

　あたしはその手を温めるように握り返した。

「大丈夫、きっと見つかるから」

　なんの根拠もなかったけれど、そう言うしかなかった。

「もう一度、一緒に探そう？」

　そう言うと、実紗は泣き腫らした顔で小さく頷いたのだった。

　それからあたしたちふたりは、実紗の探していない場所まで広範囲にわたって歩きまわった。

　もしかしたら、途中で道を間違えて迷子になっているのかもしれない。

　そんなことを考えて、家とは逆の道をたどってみたりもした。

　けれど、葵君の姿はどこにもない。

「誰か知らない女の人についていっちゃったのかな……」

　探しながらも、実紗はそんな弱気なことを口にする。

「そんな……！　葵君の彼女は実紗だってインプットされているんだから、絶対にそんなことないよ！」

「でもさ、葵はアンドロイドだよ？　何か不具合があってもおかしくないじゃん……」

　そう言う実紗は、また泣き出してしまいそうな表情を浮かべている。

　実紗の不安は痛いほどよくわかった。

　あたしも、蒼太に不具合が起きてもしものことがあったら……なんて考えるだけで胸がチクリと痛んだ。

「もしかして、今日一緒に行った場所にいたりしないかな？」

　あたしは、実紗を落ち込ませないように気をつけながら、そう言った。

「今日行った場所……？」

「そう！　藤井さん言ってたじゃん。日常生活をしている
うちに自然と覚えてくるって。だから葵君が行ける場所っ
て、今日のデートで行った場所じゃない？」

　あたしがそう言うと、実紗は少し顔を上げ「そうかもし
れない……」と、呟いた。

「だよね？　じゃあ、行ってみようよ」

　こうして、あたしたちは昼間4人で行動した道を歩き、
24時間のファミリーレストランに入って中を調べ、プリク
ラを撮ったゲームセンターの前で立ち止まった。

　だけど、そのどこにも葵君の姿は見当たらなかった。

「……やっぱりいないね……」

　実紗が脱力した声で呟き、スマホを広げる。

　横から画面を見ると、時刻はすでに3時をまわっていて
実紗の顔には疲れがにじんでいた。

「……いるよ……どこかに……」

　そう言うあたしの声も最初より小さくなり、かすれてし
まった。

　もしかしたら本当に不具合が起きて、誰かについていっ
てしまったのかもしれない。

　そんな思いがよぎる。

　そんな時だった。

　実紗が「あ……」と、何かを思い出したように声を上げ
たのだ。

「何？」

「もしかして、あたしたちのバイト先にいるってことはないかな？」

「バイト先……？」

　実紗の言葉にあたしは首をかしげる。

　葵君も蒼太も、あたしたちのバイト先までは連れていっていないから。

「＜彼氏人形＞にはあたしたちの情報が入っている。人形にバイト先がどこにあるか教えてなくても、バイト先のことは買う時に藤井さんには話したよね」

「え……あぁ、そういえば……」

　実紗の言葉にあたしは頷いた。

　彼氏に教えてもいいと思えることは、すべて藤井さんに伝えている。

　葵君と蒼太がバイト先に行くことができても、不思議ではないかもしれない。

「行ってみる？」

　そう聞くと、実紗は「うん」と頷いた。

　ゲームセンターからあたしたちのバイト先までは、歩いて20分ほどかかった。

　これまでも散々歩きまわっていたので、たどりついた時には額に汗がにじみ出ていた。

　コンビニは真夜中でお客さんもいないのに明々と電気がつき、カウンターごしにアクビをする店員の姿が見えた。

「どこにもいないね……」

外から見た限り店の中に人影はない。

　もちろん駐車場にも誰もいなくて、店員ふたり分の車が停まっているだけだった。

「一応店内も見ておこうよ」

　あたしはそう言い、実紗の手を取ってコンビニへ入った。

　自動ドアが開き、見知った店員が「あれ、どうしたの？」と、カウンター越しに首をかしげてきた。

「ちょっと、友達を探してて」

　あたしはそう言い、店内を見まわす。

「友達？　こんな時間に？」

　不思議そうな表情をする店員に、あたしはあいまいな笑顔を返しておいた。

「やっぱり、店内にもいなかったね……」

　コンビニの中を一周したあと外へ出て、あたしは呟いた。

「……葵、どこに行っちゃったんだろう……」

　実紗がコンビニの前でしゃがみ込み、両手で顔を覆った。

　なんと声をかけてあげればいいかわからなくなったあたしは、実紗の隣に座りその肩を撫でるしかなかった。

　他に葵君が行きそうな場所なんて思いつかない。

　明日藤井さんに事情を説明して、どうするか考えるしかないんじゃないだろうか。

　そう考えていた時、コンビニの裏からガサガサという物音が聞こえてきて、あたしは立ち上がった。

　コンビニの裏にはゴミを集めるプレハブ小屋があり、施錠が甘いと野良ネコなどが出入りすることがあるのだ。

「また野良ネコかな？」

　ゴミを荒らされたあとに片づけるのは大変だと思い、あたしは裏へと足を進めた。

　と、その時。

　目の前に大きな人影があり、あたしはハッとして足を止めた。

　コンビニの裏は明かりが少なく、その人物の顔がハッキリと見えない。

　不審人物かと思い、息をひそめて数歩あとずさりをするあたし。

　するとその人物が「陽子ちゃん？」と、声をかけてきたのだ。

　あたしはその場でピタリと動きを止めて、ポケットからスマホを取り出した。

　その光で相手の顔を照らしてみる。

「葵君!?」

　そこに立っていたのは今まで探していた葵君で、あたしは驚いて大きな声を出していた。

　あたしの声を聞きつけて実紗が走ってくる。

「葵!!」

　実紗はあたしを追い越して葵君の元へと駆け寄る。

「見つかってよかった……でも、葵君……どうしてこんなところに……？」

　葵君にギュッと抱きつく実紗を見ながら、あたしはそう呟き首をかしげた。

「どうしてって、今日、実紗はここでアルバイトだったんだろ？　だから、ずっと待っていたんだ」

　そう言い、ほほえむ葵君。

「ずっとって……こんな夜中までずっと？」

　実紗が顔を上げてそう聞く。

「もちろん。俺と一緒に帰るよな？　実紗」

　葵君の言葉に、あたしと実紗は目を見かわせた。

　アンドロイドには時間の感覚がないのだろうか？

　普通、ここまで長時間待っていたら何かおかしいと気がついて、家に帰ってもいいのに。

　そう思って無言のままでいると、葵君は何かを勘違いしたのか、不意に厳しい表情を浮かべた。

「実紗、俺と一緒に帰るんだろ？」

　そして、キツイ口調でそう言い実紗の右腕を掴む。

　その瞬間、「痛いっ!!」と実紗は声を上げた。

「実紗、大丈夫？」

　慌てて駆け寄るあたし。

　葵君は、そんなあたしを空いているほうの腕でドンッと押した。

　その力は想像以上で、あたしの体は簡単に後方へと飛ばされ尻もちをついた。

「陽子！　大丈夫!?」

「あたしは平気……」

　そう返事をして、お尻をさすりながら立ち上がる。

　実紗は青い顔をして、葵君の腕を振りほどけずにいる。

葵君の指は、はたから見ても実紗の腕に食い込んでいる
のがわかった。
「ねぇ、一緒に帰るのはわかったから、もう少し優しく腕
を掴まなきゃ実紗が痛いって」
　あたしは笑顔を浮かべ、葵君にそう言った。
　しかし、葵君はあたしの言葉に耳を貸さない。
「うるさい、実紗は俺の女だ」
　そう言うと、実紗を引きずるようにして歩き出す。
「実紗‼」
「あたしは大丈夫だから……。陽子、気をつけて帰ってね！」
　痛みに顔を歪めながら、実紗はそう言ったのだった。

性格のせい？

　実紗と葵君をふたりで帰らせるのは不安だったけれど、あたしは自分の帰路を歩いていた。

　歩きながら、葵君に突き飛ばされた時のことを思い出す。

　押された胸の上あたりがかすかに痛んで、葵君は力加減ができていないのだと感じた。

　人間であれば当たり前にできることまで、あたしたちが教えていかなきゃいけないんだろうか？

　人形がどれだけ力が出せるかなんて、見当もつかない。

　一般男性と同じくらいの力だとしても、ちゃんと手加減するように教えてあげなければ本当に大ケガをしてしまうだろう。

　あたしは重たい気持ちのまま家へと戻ってきた。

　音を立てないように、そっと玄関を開けて中へ入る。

　家の中は真っ暗で、電気をつけないようにスマホの明かりだけで2階へと上がる。

　両親は1階の寝室でグッスリ眠っているようで、あたしが外へ出たことはバレていないようだ。

　そっと部屋のドアを開けると、ようやく緊張感から解放されて息を吐き出した。

　そして部屋の電気をつけた瞬間、

「キャッ!?」

　思わず悲鳴を上げて、すぐに口を両手で覆った。

明かりをつけた瞬間、蒼太が目の前に立っていたのだ。

目の前にいたのが蒼太だということで安心したものの、あたしはまたすぐに不安にかられた。

蒼太は怒ったような表情で腕組みをして、仁王立ちをしていたから。

いつもの蒼太じゃないことは、見てすぐに理解できた。

「蒼太……どうしたの？」

あたしは恐る恐る声をかける。

「こんなに遅い時間にどこに行ってた？」

「あ、えっと……葵君がいなくなったって実紗から連絡があって、だからふたりで探しに出てたの」

「こんな時間に女ふたりでか？　本当にその必要があったのか？」

蒼太はトゲのある言い方であたしを責める。

悪いことをしているという気持ちはなかったけれど、蒼太の言い分はもっともだった。

「ご……ごめんなさい……」

あたしはうつむいて、そう言った。

「陽子は、もう少し常識的な行動を取ったほうがよさそうだな」

蒼太はそれだけ言うと、いつもと同じ部屋の隅まで歩いていき、座り込んで目を閉じたのだった。

夜中まで動きまわっていたのに寝ようと思うと目がさえてしまい、あたしはなかなか眠ることができなかった。

何度もベッドの中で寝返りを打っていると、日が昇るにつれて部屋に明かりが差し込んでくるのを感じた。

　そっと目を開けると徐々に蒼太の姿が鮮明に見えてきて、あたしはなんともいえない不安にかられた。

　今日は1日、蒼太とふたりきりだ。

　最初はそれが楽しみで、どんなデートをしようかと考えてもいたけれど、今は違う。

　昨日見た葵君と蒼太の態度を思い出すと、楽しみたいという気持ちが薄れていった。

　葵君の場合は強引な性格。

　蒼太の場合は真面目な性格。

　それぞれの性格が強く出すぎたせいで、あんなことになったのかもしれない。

　もう少し臨機応変に物事を考えられるような人形がよかった。

　今からでも性格の設定を変えることはできるのかな？

　そんなことを考えて再び寝返りを打つと、いつの間に目が覚めたのか蒼太が目の前に立っていて、あたしは驚いてベッドの上に飛び起きた。

「おはよう、陽子」

「お……おはよう」

　いつもの笑顔を浮かべる蒼太に、あたしも無理やり笑顔を浮かべた。

　ドクドクと心臓は高鳴り全身に汗をかいているが、それを悟られないように目をそらす。

「今日は学校？」

「う、ううん。今日は休みだよ」

　そう返事をした時、玄関のドアが開閉される音がして、少しすると車が発進する音が聞こえてきた。

　両親は仕事へ出かけてしまった。

　これで完全に蒼太とふたりきりだ。

「じゃあ、今日はずっと一緒にいられる？」

「……そう……だね」

　あたしは背中に汗が流れていくのを感じた。

　今日は1日、蒼太とふたりきり。

　昨日みたいなことが起こったらどうしよう、という不安が一気に押し寄せてくる。

　あたしは蒼太と少し距離を置いてベッドから抜け出した。

「あたし着替えるから、蒼太は外で待ってて？」

「うん。わかったよ」

　あたしの言葉に素直に従う蒼太。

　あたしは蒼太のうしろ姿を見送り、部屋から完全に蒼太が出てしまうと少し安堵したのだった。

　どこかに出かけるという用事を立てていないので、あたしはとりあえず部屋着に着替えて部屋を出た。

　廊下には蒼太が待っていて、あたしを見るなりほほえんだ。

「やっぱり、部屋着が一番似合うね」

　そう言われ、あたしは複雑な笑顔を浮かべる。

　蒼太からすれば褒め言葉なんだろうけれど、一般的には

褒めるべきところじゃない。

　蒼太や葵君には、そういう部分が欠けている気がする。

「ねぇ蒼太、話があるの」

「何？」

　首をかしげてくる蒼太の手を握り、あたしは階段を下りた。

「リビングで話そう」

「下りていいの？」

「今は両親が出かけているから大丈夫」

　そう返事をして、蒼太をリビングのソファに座らせた。

　あたしは隣のキッチンで紅茶を入れ、すぐにリビングに戻った。

　本当はお腹がすいていたけれど、蒼太と話をするのが先だ。

「話って何？」

　戻ってきたあたしに、さっそく蒼太が質問してくる。

「あのね、蒼太と葵君は男の子なの。そして、あたしと実紗は女の子」

「何を言ってるんだ？　そんなの当たり前だろ？」

　蒼太はそう言い声を上げて笑った。

「男の子は、女の子に優しくしてほしいの。それも、理解できるよね？」

「もちろん。優しくしているつもりだけど？」

「うん……たしかに蒼太は優しいと思う。でもね、力や態度をもう少し制御することってできないのかな？」

　あたしが聞くと、蒼太は少し驚いたように目を丸くし、そして考え込んでしまった。

「蒼太ごめんね、ヘンなこと言って」

「いや、大丈夫。陽子は俺たちにもう少し優しくなってほしいってことなんだよね？」

「う、うん……」

　話したい目的とは少しズレているけれど、簡単に言えばそんなところだろう。

　臨機応変な態度を取れと言われても、蒼太にとっては難しいかもしれない。

「わかったよ、陽子」

「本当!?」

　ニコッとほほえむ蒼太に、あたしは思わず大きな声になる。

「もちろん。俺は陽子の彼氏だから、陽子の言うことはなるべく聞いてあげたいんだ」

　そう言いながら、蒼太はあたしの頭を撫でた。

　その大きな手に喜びと愛しさが込み上げてくる。

　蒼太がこんなに聞き分けがいいのなら、葵君もきっとすぐに理解してくれるだろう。

　もう昨日みたいなことは起こらない。

　そう思い、ふたりで過ごす休日を満喫することにしたのだった。

　多少説明しなければいけない部分はあったものの、やっぱり蒼太は完璧だった。

　あたしが台所で料理をしていると率先して手伝ってくれるし、お笑い番組のツボもあたしと同じだった。

　同じものを見て同じように笑えるというのは、本当に幸

せなことだとあたしは初めて知ることができた。

　何より、蒼太は時折思い出したようにあたしの手を握り
しめてきた。

　それに驚いて視線をやると、蒼太はあたしを見ていてほ
ほえむ。

　その無言の時間が心を温かくしていった。

　蒼太は、今まであたしが憧れていた異性そのものだった。

ダイレクトメール

　翌日。

　この日も学校は休みで、ロクに眠っていなかったあたしは、両親が仕事へ出かけてから起き出す予定だった。

　けれど、朝の早い時間に「何よこれ!?」というお母さんの声が聞こえてきて目が覚めた。

　ハッと目を開けたあたしは、蒼太の存在がバレてしまったのかと思った。

　だけど、部屋の隅で目を閉じている蒼太に気がつくと、すぐにその考えは打ち消された。

　まだ眠たい体を起こし、急いで部屋を出る。

「お母さんいったいどうしたの？」

　そう聞きながら1階へ下りると、玄関先でお母さんとお父さんが棒立ちになっているのが見えた。

　ふたりして何をしているのだろうと思い玄関を覗き込むと、そこには大量のダイレクトメールが散乱していたのだ。

　並んでいた靴は、ダイレクトメールに埋もれて見えなくなっている。

「何これ、どうしたの!?」

　あっという間に目が覚めたあたしは声を上げる。

「新聞を取りにきたら、こんなことになっていたのよ」

　見たこともない光景に、お母さんがあ然とした表情のままそう答えた。

あたしは何度か瞬きを繰り返し、そのダイレクトメール
の１枚を手に取った。

　それは不特定多数の家のポストに入れられているような
ダイレクトメールではなく、１枚１枚ちゃんと住所が書か
れているダイレクトメールだった。

「これ……全部あたし宛だ……」

　２枚３枚と手に取り、宛名を確認していく。

　そのどれもに、あたしの名前が書かれているのだ。

「陽子、お前、何か身に覚えがあるのか？」

　お父さんにそう聞かれ、あたしは左右に強く首を振った。

　いくら考えても、こんなに大量のダイレクトメールが届
くような覚えはない。

　時々通信販売で商品を買うことはあるけれど、ダイレク
トメールが玄関中に溢れるほど使用してはいない。

　あたしは気味が悪くなり、届いたダイレクトメールを両
手でかき集めるとすべてゴミ箱へと捨てたのだった。

　朝、奇妙なことがあったせいか、両親が出かけてしまっ
たあとも、あたしはひとり落ちつかなった。

　ソワソワと部屋の中を歩きまわり、玄関のポストに何も
投函されていないことを、何度も確認する。

　今朝のダイレクトメールの中にはあたしにはまったく関
係ない、男性向けのダイレクトメールなども混ざっていて、
誰かの嫌がらせかもしれないと思いはじめていた。

　でも、誰の？

こんな手の込んだ嫌がらせをするような人、思い当たらない。

　あたしの知り合いは学校の友達や近所の人といった程度で、交友関係はそんなに広くない。

　考えれば考えるほどわからなくなり、あたしはリビングのソファに深く座り込んだ。

「陽子、疲れているようだけど、大丈夫？」

　蒼太が心配そうにあたしの顔を覗き込んでくる。

「うん……大丈夫」

　あたしはそう返事をしたが、笑顔は作らなかった。

　蒼太が本物の彼氏なら相談できたかもしれないけれど、さすがに人形に相談をする気にはなれなかった。

　すると蒼太はそれを察知したのか、少し寂しそうな表情を浮かべる。

「本当に、大丈夫だよ」

　あたしは蒼太の手を握り、そう言う。

「それならいいんだけれど」

　蒼太は小首をかしげ、澄んだ目であたしを見つめた。

　蒼太は純粋にあたしのことを心配してくれている。

　そう感じた。

　頼ることはできないけれど、心配してくれるだけでうれしかった。

　そう思った時、あたしのスマホが鳴り出した。

　あたしはパッと蒼太から手を離し、テーブルの上のスマホを手に取る。

着信は実紗からだ。

　まさか、また何かあったのかな？

　そんな不安が胸をよぎり、あたしはすぐに電話に出た。

「もしもし？」

《もしもし陽子？　今日うちの家にすごい数のダイレクト
メールが届いていたんだけど》

　電話に出た瞬間、葵君が帰ってこなかった時と同様の不
安げな声が聞こえてきた。

「実紗のところにも来たの？」

《え？　じゃぁ陽子の家にも？》

　そう聞かれ、あたしは今朝玄関先で起きたことを実紗に
詳しく話した。

《あたしも、まったく同じだよ》

　実紗の声が低く、真剣なものに変わる。

「ねぇ、それってもしかして……」

　あたしはそこで言葉を切り、蒼太を見る。

　蒼太の目の前だから、次の言葉を続けることができな
かった。

《たぶん、＜彼氏人形＞を購入したからだと思う》

　あたしが言えなかった言葉を、実紗が続けた。

「誰かが個人情報を漏らしたってこと？」

《誰か、じゃないよ。完全に藤井さんだよ》

　実紗は悔しそうな声を漏らした。

「そんな……あたしたち、どうすればいいのかな？」

　こんなことになったことは今まで一度もなくて、あたし

はただオロオロするばかり。

　犯人は学校の友達でも近所の人でもなく、数回話しただけの店長かもしれないなんて。

《陽子、今から会える？》

「え、うん。大丈夫だけど」

《じゃぁ、今から十字路に集合ね》

「わかった」

　それだけ言うと、電話は切れた。

　あたしはチラッと蒼太を見る。

　蒼太や葵君があたしたちの個人情報を流した、なんてことはないよね？

　ほとんどの時間一緒にいるんだし、個人情報を流す相手だっていないはずだ。

　あたしはそう思い、蒼太に「部屋に戻って大人しくしていてね」と、伝えた。

　蒼太は笑顔で頷き、あたしの言ったとおり２階へと上がっていったのだった。

電話

　電話を切ったあとすぐに実紗との約束場所へ行ったつもりだったけど、実紗はすでに到着していて、イライラしたようにあたしを待っていた。
「遅くなってごめん。実紗、怒ってる？」
「ううん。いや、怒っているけど、陽子に対して怒っているわけじゃないから」
　実紗は早口にそう言うと、すぐに歩き出す。
　あたしは慌てて実紗についていった。
　行先は当然【ドールハウス】だ。
「本当に藤井さんがあたしたちの個人情報を流したのかなぁ？」
　ピリピリしている実紗に、あたしはあえて明るい声でそう言った。
「わかんない。でも、あたしたちが同時に買ったものって＜彼氏人形＞だけでしょ」
「そうだよね……」
　明るく、優しく＜彼氏人形＞について説明してくれた藤井さんを思い出す。
　とても悪い人のようには見えないけれど、接客業をしているあたしたちだって人前で笑顔を作ることには慣れている。
　実際、心の中で何を思っているのかはわからない。
「ねぇ、陽子はもう＜彼氏人形＞の支払いした？」

歩きながら実紗がそう聞いてきた。
「うん。もうした」
　あたしは頷く。
「そっか」
「実紗は？」
「あたしも、もう終わらせた」
　ある程度まとまった金額だから、早めに支払いを終わら
せておいたほうがいいと思ったのだ。
　だけど、実紗はさらに目を吊り上げて振り向いた。
「支払いが終わってからダイレクトメールが届くようにな
るなんて、余計に怪しいと思わない？」
　実紗が言う。
　そう言われればそうかもしれない。
　支払いが終わる前に情報を流してしまうと、勘づかれて
支払ってもらえなくなるかもしれない。
　だから支払いを待ってから、あたしたちの個人情報を流
出させたという可能性はある。
「でも、個人情報を流出させるなんて、なんのために？」
「そんなのお金のために決まっているでしょ」
　実紗がスラッとそう言った。
「でも、顧客の情報を勝手に流すのは犯罪でしょ」
「犯罪を犯罪と思わない人もいるってことだよ」
　実紗は怒った口調でそう言った。
「そうなんだ……」
　あたしは実紗の言葉に少しうつむいて小さく返事をした。

あたしたちは商店街を歩き、パン屋には目もくれず裏路地へと入った。

　大股で歩いていく実紗に小走りでついていくあたし。

　ところが、今日は【ドールハウス】の看板が出ていなくて、危うく店を通りすぎてしまうところだった。

　寸前のところで気がついて実紗が立ち止まった。

「今日は休みか……」

　入り口には【定休日】と書かれた札がぶら下がっている。

「藤井さんに電話してみる？」

　あたしはそう聞きながらスマホを取り出した。

「そうだね」

　実紗が頷いたのを見て、あたしはすぐに藤井さんの番号を表示させ、発信ボタンを押した。

　でも、聞こえてきたのは《おかけになった電話番号は現在使われておりません》という、信じられない機械音だったのだ。

　あたしは一度電話を切り、また発信ボタンを押す。

　しかし、同じ冷たい機械音が聞こえてくるだけ。

「どうしよう、藤井さんの電話はもう使われてないって」

「嘘でしょ？」

　代わりに実紗が電話をしてみることになったが、やはり結果は同じだった。

　何度電話をしても、機械音が流れるばかり。

「やられた……」

　実紗は脱力するようにその場にしゃがみ込み、そう呟いた。

「でも、お店はまだあるのにね」

「そんなのいつ開くかわかんないよ。もしかしたら、もう二度と開かないかも」

　悔しそうに唇を噛む実紗。

　あたしはそっとお店のドアに近づき、中が見えないかと隙間を覗いてみた。

　しかし、中は真っ暗で何も見えない。

「明日も今日くらいダイレクトメールが入っていたらどうしよう……」

　あたしは思わず不安を漏らした。

　両親に問い詰められた時、蒼太を買ったことをごまかしきることができるだろうか？

「しばらくは、朝早く起きてポストを覗くしかないね」

　実紗がそう言い、ゆっくりと立ち上がった。

　相当イライラしているようで、子どものように小石を蹴飛ばす実紗。

「ねぇ実紗、せっかくここまで出てきたんだから遊んで帰ろうよ」

　そんな実紗に、あたしは明るく声をかけた。

　お店にもいないし、スマホも通じない。

　これじゃあ、あたしたちにできることはもう何もない。

「……そうだね。イライラしてても仕方ないよね」

　実紗はフッと肩の力を抜いてそう答えた。

　少しでも暗い気分を晴らすために、あたしたちは商店街で遊んで帰ることにしたのだった。

迎え

　商店街はたくさんのお店が立ち並び、買い物する人々で賑わっていた。

　あたしたちはパン屋さんでパンをふたつずつ買い、お店の前に設置されているベンチに座った。

　実紗は噛みちぎるようにパンを食べて、あたしは少しずつちぎって口に運んだ。

「ねぇ、有里はこのこと知っていたのかな？」

　しばらく気まずい沈黙が続いたあと、不意に実紗がそんなことを言い出した。

「え？　有里が？」

　あたしは目をパチクリさせる。

「藤井さんが個人情報を売買しているって知っていて、あたしたちに＜彼氏人形＞を勧めてきたのかな？」

　真剣な表情でそう聞いてくる実紗。

「まさか、そんなことするかな？」

　いくら派手な有里でも、クラスメートを売るような行為をするとは思えない。

　あたしは実紗の言葉に、否定の意味を込めて首を振った。

「そうかなぁ……」

　実紗は納得できないような表情を浮かべて、再びパンを噛みちぎる。

　かなりイライラしているみたいだ。

2章 >> 89

「実紗、今はちょっと疑心暗鬼になっているだけだよ。ほら、パンを食べたらゲームセンターに行ってモグラ叩きでもしよう！」

　あたしはそう言い、残りのパンを口に放り込んだのだった。

　休日のゲームセンターは、学生や子ども連れの夫婦でごった返していた。

　あたしと実紗は人の間を縫うようにして、賑やかなゲームセンターの中を進んでいく。

「ストレス発散にはこれでしょ」

　そう言い、あたしはモグラ叩きの前で立ち止まった。

　子ども向けのゲームだけれど、八つ当たりをするにはちょうどいい。

　最初は渋っていた実紗だけれど、コインを入れると夢中になってモグラを叩きはじめた。

　いざやってみれば楽しかったのか、何度も繰り返しゲームをしていた。

　途中まで実紗のゲームをうしろから眺めていたあたしだけれど、さすがに飽きてきて近くのゲームへと移動した。

　ＵＦＯキャッチャーにはたくさんの犬のぬいぐるみが積まれていて、見ているとぬいぐるみが苦しんでいるように見えてくる。

　そっとゲームのガラスケースに手を触れて、犬のぬいぐるみを見つめる。

　縫い目はとても乱雑で、ところどころほつれている。

目の位置も鼻の高さもバラバラで統一感がなく、ボタンの目が取れかけている犬もいる。

　そんな光景を見ていたら、あたしは【ドールハウス】で売られているパーツを思い出した。

　あの店の中に置かれているパーツはどれも整っていてキレイで、だけどひとつとして同じものはなかった。

　その意味では、このＵＦＯキャッチャーの中のぬいぐるみも同じだった。

「不細工な犬……」

　あたしはボソッと呟く。

　だけど、この中にいる犬たちにはなんとなく温もりを感じることができた。

　嫌な予感も何もない、子どもの手に抱かれて家に連れていかれる様子を想像することもできた。

　それに比べ、【ドールハウス】の商品には温もりが感じられなかった。

　整然と置かれた商品。

　ぬいぐるみよりもずっとリアルにできていて、動くこともできる人形。

　それなのに、＜彼氏人形＞には温もりがないのだ。

　蒼太の笑顔はとても素敵だけれど、それは表面の皮膚だけでほほえんでいて、本心からではない。

　人形に心を求めること自体が間違っているのかもしれないけど、あたしは少しだけ胸が痛んだ。

　ゲームセンターの中をグルリと見てまわっていると、不

意に見慣れた顔がゲームセンターの入り口に現れ、あたしはその場に立ち止まった。

「葵君……？」

あたしは驚いてその人の名前を呼んだ。

葵君はゲームセンターの自動ドアから入ってきて、すぐにあたしに気がつき近づいてきた。

「陽子ちゃん、実紗を見なかった？」

挨拶もなくそう聞いてくる葵君の声は低く怒っているようだった。

嫌な予感が胸をよぎる。

また、あのコンビニでの出来事みたいになったらどうしよう。

人がいっぱいいるゲームセンターで葵君が手加減せずに行動するところを想像すると、サッと青くなる。

だから、あたしはとっさに嘘をついた。

「み、実紗なら、さっき商店街を歩いていたよ」

そう言い、外を指さす。

すると葵君は「そうか。ありがとう」と言い、すぐにゲームセンターを出ていった。

あたしはそのうしろ姿を確認してから、慌てて実紗の元へと駆け寄った。

「実紗！　葵君がここに来たよ！」

あたしがそう言うと、実紗はゲームをする手を止めて「え？」と、あたしを見た。

「葵が？　なんで？」

「わからない。ここへ来ることは伝えてないよね？」

「うん、言ってない」

　じゃぁ、どうして葵君はここまで来られたのだろう。

　前に４人でプリクラを撮ったのは別のゲームセンターだったし、ここに葵君を連れてきたことはないと、実紗は言った。

　でも、可能性があるとすれば購入した日、【ドールハウス】から家へと移動する間に、葵君がこの道をインプットしていた……ということだった。

「とにかく、ここで葵君が暴れたりしたら大変だから、実紗は商店街を歩いていたよって言っておいたから」

「わかった、ありがとう」

　実紗はすぐにカバンを手に持ち出口へと向かう。

「実紗、葵君に会うの？」

「そうだよ、ほっとけないでしょ？」

「それは、そうかもしれないけれど……」

　さっきの葵君の顔を思い出すと、胸の奥から黒いモヤが立ち込めてくる。

　葵君は明らかに怒っていた。

　また実紗に手を出すかもしれない。

「実紗、もし葵君の力が制御できなくてケガでもしたらどうする？」

「あたしからちゃんと説明するから、大丈夫だって」

　実紗はそう言い、足早にゲームセンターを出る。

「実紗、待って！」

あたしの不安に気がついてくれない実紗を、あたしは慌てて追いかけたのだった。

　ゲームセンターから１歩外へ出ると、商店街の中はさっきより混雑していた。

　そろそろお昼時だからだろう。

　あたしと実紗は人をかき分けながら葵君が歩いていった方向へと移動した。

　いろいろな人に紛れていても、背の高い葵君ならすぐに見つけられる。

　案の定、行き交う人たちよりも頭ひとつ分突き出た葵君を、実紗はすぐに見つけて駆け寄っていった。

「葵、いったいどうしたの？」

　そう聞く実紗の声が聞こえてくる。

「今日は帰るのが遅くなるなんて聞いてないぞ」

　葵君の怒った声が聞こえてくる。

　あたしはようやくふたりの元へとたどりついた。

「ちゃんと『出かけてくるから待ってて』って、言ったじゃない」

「待っていたさ!!　でも実紗は帰ってこなかった。だから探しに来たんじゃないか!!」

　葵君は声を荒げ、何か言い返そうと口を開きかけた実紗の頬を叩いたのだ。

　パチンッ！と肌を叩く音が響き、周囲の人たちが何事かと視線を送る。

「ちょっと、なんてことするの!!」

　さすがに黙って見ていられなくて、あたしは葵君を睨みつけた。

「陽子ちゃんには関係ない。これは俺と実紗との問題だ」

「でも、叩くことないじゃない!!」

　実紗は驚いた表情で葵君を見上げ、叩かれた頬を押さえている。

　それほどひどく叩かれたわけではないだろうけれど、人形が人間に手を上げるなんて考えられないことだ。

「実紗、帰るぞ」

　葵君はそう言うと、実紗の腕を掴んで歩き出す。

「ちょっと……!!」

　あたしは慌ててそのあと追った。

「陽子、あたしは大丈夫。だから、陽子は早く帰って！もしかしたら蒼太君も怒ってるかもしれない！」

　不安そうな表情を浮かべてそう言う実紗。

「あ……」

　そう言われて、あたしは蒼太のことを思い出した。

　あたしは蒼太になんて伝えて出てきたんだっけ？

　そう考えた時、一瞬にして頭の中が真っ白になり周囲の音が消えた。

　キレイなアーケードも、パン屋のニオイもあたしには届かなくなった。

　言ってない。

　あたし、蒼太に出かけるって伝えていない……!!

『部屋に戻って大人しくしていてね』

　出かける前に自分が言った言葉を思い出し、青ざめる。

　蒼太はあたしが家にいると思っている。

　すぐに部屋へ戻ってくると思って待っている。

　それを思い出すと同時に、あたしの足は動き出していた。

　一心不乱に家へと向かって歩きはじめる。

　次第に足は速くなり、いろいろな人にぶつかりながらも、どんどん早足になっていく。

　商店街を抜けて人ごみから解放されると転げるように走り出し、あたしは祈り出した。

　どうか、蒼太の機嫌が悪くなっていませんように。

　そして、あんなに冷たい視線を浴びることがありませんようにと……。

真っ白に

　商店街から1歩も休まずに走っていると、心臓はバクバクと悲鳴を上げ、肺がキュッと締めつけられた。

　それでも、1分でも1秒でも早く家に帰るために、あたしは足を止めることなく、前へ前へと進んでいった。

　呼吸は乱れ、足がもつれ、額にいくつもの汗の玉が浮かんだ時、ようやく玄関前までたどりつくことができた。

　あたしはもどかしくカバンからカギを取り出し、ガチャガチャと音を立てて玄関を開ける。

「蒼太……!!」

　鉛のように重たくなった足をムチ打ち、階段を駆け上がる。

　そして、自分の部屋のドアを開けた……その瞬間。

　パンッ!と音が響き、頬に鋭い衝撃が走った。

　気がつけばあたしの体は廊下に倒れていて、一瞬目の前が真っ白になった。

　な……に……?

　そう思った数秒後に頬に痛みを感じ、鼻から血が流れて床に落ちた。

「そう……た……?」

　喉がカラカラに乾いていることも忘れ、蒼太を見上げる。

　蒼太は無言のままあたしを見下ろし、冷たい視線を投げかけている。

　その冷たさにあたしは身震いをし、心臓は凍りついた。

「陽子、君には失望したよ」

　蒼太は冷たくそう言い、ドアを閉めたのだった……。

　バタン。

　と、ドアを閉める冷たい音が廊下に響く。

　あたしはあ然としたまま、その場から動くことができなかった。

　叩かれた頬がピリピリと痛くて、鼻に触ると指先に血がついた。

　辛いと感じるより先に、驚きと痛みで目に涙が浮かんで視界がぼやけていた。

　あたしは涙を手の甲でぬぐい、どうにか自分の体を立ち上がらせた。

　幼い頃、父親に叩かれたことはあるけれど、血のつながらない異性に叩かれたのは生まれて初めてだ。

　しかも人形に……。

　そのショックで体がかすかに震えている。

　ヨロヨロと階段を下りてリビングに向かい、ティッシュで鼻血を止め、洗面所で顔を洗った。

　その間にも体の震えは治まらなくて、あたしは何度も自分の体をさすっていた。

　そのあと2階へ戻ってみると、カギのついていない部屋のドアは別の物でふさがれ、この部屋の主であるあたしが部屋に入るのを拒んでいたのだ。

　体重をかけてドアを押してもビクともしない。

部屋の中にある家具を、ドアの前に移動したのかもしれない。

「蒼太……お願い、中へ入れて」

　できるだけ優しい口調で話しかける。

　でも、中から返事はない。

「蒼太、ごめんね。あたしが悪かったよ。出かけることをちゃんと伝えておくべきだったのに、何も言わずに出かけちゃったから……。ねぇ、これからはちゃんと全部伝えて出かけるから、許して？」

　蒼太に殴られた頬は赤く腫れて、熱を帯びていた。

　それでも、あたしは蒼太に謝罪しなければいけない。

　その心境は徐々に麻痺していき、本当に自分が悪かったのかもしれないと思いはじめる。

「もう、俺をひとりにしないか？」

　そんな蒼太の声が聞こえてきて、あたしはパッと顔を上げた。

　ドアにすがりつくような状態で「しない！　絶対にしない!!」と、声を上げる。

　すると中でゴトゴトと何か動かす音が聞こえてきて、ドアが開いた。

「蒼太……」

　ドアの向こうに立っている蒼太は帰ってきた時とは打って変わり、優しい笑顔を浮かべている。

　あたしはその笑顔にホッと胸を撫で下ろした。

「ごめん、ごめんね蒼太」

「わかってくれればいいんだよ」

　蒼太はそう言い、あたしの体を抱きしめた。

　それはあたしを段った手と同じものとは思えないくらい、優しくて大きな手だった。

　蒼太の手が伸びてきた瞬間、ビクッと身構えてしまったけれど、その手に包まれているとそんな恐怖も消えてなくなっていく。

「今日はもうどこにも行かないんだろ？」

「もちろんだよ、蒼太……」

　頬はまだヒリヒリと痛むのに、あたしは蒼太の胸に顔をうずめたのだった。

　それからのあたしは、ずっと蒼太と過ごしていた。

　両親が仕事から帰ってきても体調が悪いということにしてリビングには下りず、部屋にこもっていた。

　あたしと一緒にいる時の蒼太はすごく優しくて、さっき段られたことが嘘のようだった。

　蒼太が移動させた家具を元に戻してホッと息を吐くと、蒼太はあたしがずっと憧れていたような、甘い言葉をいくつも投げかけてくれた。

「大好きだよ」

「ありがとう、蒼太」

「俺には陽子しかいない」

「あたしにも、蒼太しかいないよ」

　そんな、歯の浮くようなセリフを繰り返していると、蒼

太は終始ご機嫌で、ニコニコとほほえんでいた。

　あたしは時折蒼太に殴られた頬に手を当て、まだそこに熱が残っているのを確認した。

　すると蒼太はすぐにその動作に気がつき「ごめん陽子。思わず手が出てしまったんだ」と、申し訳なさそうにうつむいた。

「大丈夫だよ、蒼太。あたしが悪かったんだから」

　あたしがそう言うと、蒼太はすぐに笑顔を取り戻した。

　夕飯の時間になって１階からいいニオイがしてきても、あたしは部屋を出なかった。

　もちろんお腹はすいているし、見たいテレビだってある。

　でも、蒼太から離れるとまた殴られるかもしれないという恐怖が、あたしを部屋にとどめさせていたのだった。

骨折

　結局あたしはご飯も食べられず、お風呂も入れなかった。

　そして翌日。

　あたしはいつもよりも早く起きてシャワーを浴びた。

　今日は学校がある日だから、さすがにこのまま出かける
わけにはいかない。

　簡単に体を洗ったあたしはすぐに部屋に戻り、起きてい
る蒼太に話しかけた。

「蒼太、あたし今日は学校だから行かなきゃいけないの」

　緊張しながらあたしはそう言う。

　昨日の頬が、まだ熱を帯びている。

「うん。わかっているよ」

　蒼太は素直にそう言い、頷いた。

「蒼太はここで待っていて？　帰る時間が遅くなっても学
校だから心配しないでね？」

　最初の頃よりも丁寧に説明する。

「わかった。待っているよ」

　蒼太も言葉にホッとして、あたしは部屋を出たのだった。

　ダイニングに入ると、料理中のお母さんが振り向いた。

「あら、体調は大丈夫なの？」

　そう聞かれて、一瞬なんのことかわからずにキョトンと
してしまう。

だけどすぐ、昨日仮病を使ったのだということを思い出した。

「う、うん。もう大丈夫」

「それならよかった。陽子が晩ご飯も食べずに寝るなんて、珍しいから心配したのよ」

「心配かけてごめんね。今日はもう大丈夫だから」

　そう答えながら、イスに座る。

　本当はお腹がすきすぎて、気分が悪くなってきたところだった。

　あたしは出されたご飯を一気に口に入れ、味わう暇もなく飲み込んだ。

　ひとくち食べると少し気分が落ちついて、ふたくち目はゆっくりと味わって食べる。

　そうしていると、前に座ったお母さんがあたしの顔をジロジロ見ていることに気がついた。

「何かついてる？」

　そう聞いて、あたしは指先で口をぬぐう。

　でも、何もついてなくて首をかしげた。

「陽子、その頬どうしたの？」

　あたしの頬を指さしてそう言うお母さんに、ドキッとする。

　蒼太に殴られた頬が、見た目にもわかるくらい腫れていたのだ。

　鼻血まで出ていたのだから、当然だ。

「ちょっと……歯が痛くて」

　あたしはとっさに嘘をついていた。

蒼太に殴られたなんて、絶対に言えない。
「大丈夫なの？　歯医者さんに行きなさいよ」
「う、うん。時間を見つけて行ってみるよ」
　あたしの嘘をすんなり信じてくれたお母さんに胸を撫で下ろすと同時に、罪悪感が胸の中に黒いモヤを作ったのだった。

　両親に嘘をついているという罪悪感を抱えたまま、あたしは学校へと向かった。
　よく考えれば、いつまでも蒼太の存在を隠し通すことなんて、できるわけがない。
　うちの両親は勝手に部屋に入ってくることがないから安心していたけど、万が一勝手に入られたらバレてしまう可能性はとても高い。
　かと言って蒼太用の部屋なんて準備できるわけでもないし、外で待たせていると何かと不安になる。
　ひとりで悶々と考えていると、いつの間にか見慣れた学校が目の前にあった。
　教室へ入ると有里のいる賑やかなグループが先に登校していて、雑誌を取り囲んでおしゃべりをしている。
　あたしはチラッと有里を見たが、有里はあたしに興味がないように知らん顔をしている。
　＜彼氏人形＞を勧める時だけ親密に近づいてきて、あたしたちが購入してからは以前と同じように話さなくなってしまった。

有里はあたしや実紗がどんな＜彼氏人形＞を作ったのか
とか、その後どうなったのか気にならないのだろうか？
　疑問に感じて小首をかしげながら、自分の席に座る。
　実紗の言うとおり有里と藤井さんがグルになって個人情
報を売買しているとすれば、あたしたちはカモにされたわ
けだ。
　そう思うと腹立たしさがわき起こる。
　有里も利益がないのに手伝うことはないだろうから、当
然藤井さんからお小遣いを受け取っていると思う。
　そのお金さえ受け取ってしまえば、もうあたしたちに話
しかける必要だってなくなる。
　だから有里は、あたしたちに話しかけなくなったんだろ
うか？
「あぁ……もう……」
　考えることがたくさんありすぎて頭はパンク寸前だ。
　あたしは低い唸り声を上げて頭を抱えた。
　その時だった。
　突然クラス内がざわめきに包まれて、あたしは視線を動
かした。
　その先には登校してきた実紗の姿があったのだが、その
右腕には包帯が巻かれ、首から吊った三角巾で固定されて
いたのだ。
　その痛々しい姿に、あたしは反射的に実紗へ駆け寄って
いた。
「実紗、いったいどうしたの？」

少し青い顔をして実紗に聞く。

「うん……ちょっとね」

　そう言い、実紗はあいまいな笑顔を浮かべる。

「ここじゃ話せないこと？」

　小声でそう聞くと、実紗は小さく頷いた。

「わかった、じゃぁ移動しよう」

　あたしはそう言い実紗からカバンを受け取って実紗の机に置くと、ふたりで教室を出たのだった。

不良品

　教室を出て、ひと気のない屋上へと続くドアを開ける。

　冷たい風が頬をかすめるたびに、体温を奪う。

「実紗、いったいどうしたの？」

　ドアを閉め、あたしは教室で聞いたのと同じ言葉を言った。

「昨日……葵にやられた」

　実紗が震えた声でそう言う。

「葵君が……!?」

　あたしは目を見開いて実紗を見る。

　ある程度予想をしていたことではあった。

　バイト先で手加減を知らない葵君を見て以来、不安はあった。

　でも、本当にこんなことが起こるなんて……。

「昨日……あのあと家に帰ってからも葵は全然許してくれなくて、どんなに謝っても無理で……」

　言いながら、実紗はボロボロと涙をこぼしはじめた。

「だからあたし、たまらず言ったの。『そんなに怒る必要なんかないじゃない、人形のくせに。本当の彼氏でもないくせに』って……」

「実紗……」

　そう言ってしまう気持ちも、あたしにはよくわかる。

　昨日あたしは必死で蒼太のご機嫌を取ったけれど、こちらが我慢できなくなる可能性だって十分にあった。

「そしたら葵、急に無言になってあたしに近づいてきて……」

　そこまで言うと、実紗は言葉を切ってあたしに抱きついてきた。

　あたしは実紗の頭を優しく撫でる。

「それで、折られたの？」

　小さな声でそう聞くと、実紗は何度も頷いた。

「両親には階段から落ちたことにした……」

　実紗の言葉に、あたしは下唇を噛みしめた。

「そんなのおかしいよ……」

「陽子？」

「あたしたちは人間で向こうは人形。実紗が葵君に言ったこと、間違ってないよ？　それなのに、なんでこんなことされなきゃいけないの？」

　＜彼氏人形＞は夢を与えてくれるものだと思っていた。

　理想どおりの彼氏と疑似恋愛ができる、素敵な人形。

　だから、購入したんだ。

　それなのに周囲に嘘をつき、人形を怒らせないようにビクビクしながら過ごすなんておかしい。

「……もしかして不良品だったのかな」

　涙で目を潤ませたまま、実紗がそう言った。

「不良品？」

「うん。今さらだけど、いくら安くてもバイト代で買えるアンドロイドなんておかしいよね」

「まさか、藤井さんは＜彼氏人形＞が不良品だとわかっていてあたしたちに売ったってこと？」

聞きながらも、言われてみれば実紗の言うとおりだと感じる。

　バイト代であれだけの人形が買えるなんて、普通じゃあり得ない。

　あの金額なら、＜彼氏人形＞はもっと世の中に広まっていてもいいはずだ。

　だけど、クラスで＜彼氏人形＞の存在を知っていたのは有里だけって感じだった……。

　まるで＜彼氏人形＞の存在を隠しているようにも感じられる。

「ねぇ、もう一度【ドールハウス】に行ってみない？」

　実紗が言う。

「うん。そのほうがいいと思う」

　あたしはそう言い、頷いたのだった。

　【ドールハウス】が開いているかどうかはわからない。

　もうお店ごとなくなっている可能性だってある。

　でも、このまま黙っているわけにはいかなかった。

　実紗の骨折は葵君が原因だ。

　そんな人形を手元に置いておくなんて、危険すぎる。

　放課後になり、あたしと実紗はすぐにカバンを掴んで教室を出た。

「実紗、カバン持つよ？」

「ごめんね、ありがとう」

　あたしは実紗のカバンを受け取り、両手に持った。

教科書は教室に置いたままなので、たいして重たくもない。

「じゃ、行こっか」

「うん」

　そうして、あたしたちは商店街へ向かって歩き出したのだった。

　平日ということで商店街には人が少なく、閑散としていた。

　いつも流れているＢＧＭも、寂しい雰囲気を加速させているように感じる。

　立ち並ぶ店をふたりで足早に通りすぎ、パン屋の横の路地へと入る。

「あ、開いてる!!」

　路地へ入った瞬間、実紗がそう言った。

　顔を上げると、【ドールハウス】の看板がちゃんと出ていたのだ。

　あたしと実紗は顔を見合わせ、小走りに店へ向かう。

　店は初めて来た時と同じように、【オープン】の文字が掲げられていた。

　あたしたちは躊躇することなくそのドアを開け、「すみません！」と、大きな声を上げた。

　少し待っているとスタッフルームからゴソゴソと物音が聞こえてきて、藤井さんが顔を覗かせた。

「あら、あなたたちどうしたの？」

　藤井さんは驚いた表情で、あたしと実紗を交互に見た。

「藤井さん、これを見てください」

あたしはそう言い、すぐに実紗の腕を藤井さんに見せた。

　藤井さんは目をパチクリさせて「どうしたの？」と、首をかしげる。

「これは、あたしの＜彼氏人形＞にやられたんです」

　実紗が言う。

　あたしは藤井さんの表情をうかがった。

　でも、藤井さんは驚いた様子もなく「あら、そうなの」と、言ったのだ。

「こんなことになるなんておかしいですよね？　あたしたちの＜彼氏人形＞は不良品だったんじゃないですか？」

　あたしは、冷静さを装っている藤井さんに詰め寄る。

「不良品なんて人聞きが悪いわね」

「違うんですか？　あたしも昨日、帰りが遅いと言って＜彼氏人形＞の蒼太に叩かれました」

「それはあなたの帰りが遅かったのが悪いんでしょう？」

　呆れたような表情を浮かべる藤井さん。

　どこまでもシラを切るつもりかもしれない。

「人を段ったり傷つけたりするのが＜彼氏人形＞なんですか？　そんなの買った時に説明されていませんよ？」

　さらに問い詰めるように言葉を続けると、藤井さんは面倒くさそうに近くのイスに足を組んで座った。

「あのね、リアルな彼氏だって相手を段ったり傷つけたりするのよ？」

「それは……そうかもしれないけれど……」

　でも、あたしたちの相手は人形だ。

意味がまったく違ってくるじゃないか。

「恋愛経験のない人にもリアルな経験ができる。それが＜彼氏人形＞よ？」

「そんな……！ 骨を折られるような経験、リアルでもめったにあることじゃないでしょう？」

「めったにあることじゃないってことはね、時々はあるってことなのよ？」

そう言って藤井さんは笑った。

ああ言えばこう言う。

まるで口のうまい子どものようだ。

「……とにかく、あたしも実紗も＜彼氏人形＞を返品しますから」

これ以上、話をしていても解決にはならない。

そう感じたあたしはそれだけ言うと、藤井さんに背中を向けた。

そしてお店を出る寸前。

「返品なんてできないわよ」

藤井さんの、そんな言葉が飛んできたのだ。

あたしたちは立ち止まり、振り返る。

そこには、ニヤけたように笑う藤井さんの顔があった。

「どういうことですか？」

「人形を連れて帰ってその機能を使うということは、すでにキズものになっているってことよ。それに、あなたたちの好みで作っているんだから、他の人に売れる可能性も低い。だから、返品も交換もできないわ」

「そんな……!!」

「それじゃぁ、あたしたちはどうすればいいんですか!?」

　実紗が悲痛な声を上げる。

　家に帰ると葵君がいる。

　それが耐えられないのだろう。

　あたしだってそうだ。

　蒼太の機嫌を、つねにうかがっていなければいけない。

「自分の彼氏は自分でどうにかしなさいよ。リアルでは誰
も助けてくれないわよ?」

　購入した時とは打って変わっての藤井さんの冷たい態度
に、あたしたちはそれ以上、何も言い返すことができなかっ
たのだった……。

都市伝説

　藤井さんにひどい追い返され方をしたあたしたちは、ほとんど口を開かずに帰り道を歩いていた。

　実紗は腕が痛むのか時折立ち止まっては、固定されている包帯の上から腕をさすった。

「実紗……平気？」

　いつもの十字路まで来て立ち止まり、あたしは実紗にカバンを渡した。

「……うん……」

　頷くものの表情は暗い。

「葵君と何かあったら、すぐに連絡してくるんだよ？　無理しちゃダメだよ？」

「わかってる……」

　うつむいたままの実紗を放って帰るわけにはいかず、あたしは言葉を探す。

「そういえば実紗、今日はバイトだよね？　休むの？」

　話題を変えるためにそう聞いてみると、実紗はハッとしたように顔を上げた。

「そうだった、すっかり忘れてた！」

「えぇ？」

　あたしたちのアルバイト先では、休む時に代理で出勤してくれる人を探さなければいけない。

　代理が見つからなければ自分で出勤するしかないのだ。

店長に電話１本で休めるアルバイト先を羨ましく感じた
ことが、何度もある。
「どうしよう、今からじゃ代理が見つかるかどうかわかん
ないよ」
　焦る実紗。
　あたしは時計を確認した。
　実紗の出勤時間まであと30分くらいある。
　あたしが今から行けば十分に間に合う時間だ。
「わかった。じゃぁ今日はあたしが出るから」
「陽子、いいの？」
　実紗が申し訳なさそうな表情を浮かべる。
「大丈夫、大丈夫。どうせ今日は予定もないし、気にしな
いで？」
　あたしは、なるべく明るい笑顔を浮かべて実紗の肩を叩
いた。
「うん……よろしくね、陽子」
「任せてよ！　じゃぁ、実紗、気をつけて帰ってね」
「うん。本当にありがとう！」
　十字路で手を振り、あたしと実紗は逆方向へと歩きはじ
めた。

　実紗と別れてすぐにバイト先へ向かうと、思ったよりも
ずっと早い時間についてしまった。
　特別やることもなく、ジュースを買って出勤時間になる
までスタッフルームで過ごす。

ぼんやりと監視カメラで店内の様子を眺めていると、バイトに入っているひとりの高校生が休憩を取りにスタッフルームに入ってきた。

近くの高校に通っている18歳の良子さんだ。

有里と同じで派手なタイプな良子さんは、怒られない程度に髪を染めている。

普段は指輪やネックレスをつけているけれど、今は外していた。

「今日は実紗の代理？」

隣のイスに座りジュースを口に運びながら、良子さんはそう聞いてきた。

「そうです。実紗、腕を骨折しちゃって。しばらくはバイトに入れないと思います」

「そうなんだ？　どうしたの？」

「昨日階段から落ちちゃったみたいで」

あたしは、実紗のついた嘘をそのまま良子さんに話した。

「階段から？　あの子しっかりしてそうに見えるのに、意外とドジなんだね」

そう言って良子さんは苦笑いを浮かべた。

そんな良子さんに、ふとある思いが浮かんだ。

有里も良子さんも派手なタイプの女子高生だ。

もしかしたら、良子さんも＜彼氏人形＞について知っているんじゃないかな？

「ねぇ、良子さん」

「何？」

「……＜彼氏人形＞って、知っていますか？」

　少し迷ったあと、あたしはそう聞いた。

　あたしの言葉に、良子さんは口に運びかけたパンを途中で止めた。

「＜彼氏人形＞って、あの都市伝説の？」

「都市伝説……ですか？」

　＜彼氏人形＞のことを尋ねて『都市伝説』という言葉が出てくるとは思っていなくて、あたしは瞬きを繰り返した。

「うん。理想どおりの彼氏みたいな人形が作れるっていうやつ。少し前にあたしの学校でも広まった噂だよ」

　そう言い、良子さんはパンをひとくちかじった。

「そ、その噂って、どこから出たかわかりませんか？」

　あたしはすぐに都市伝説に食いついた。

　良子さんの学校には、＜彼氏人形＞を知っている人がたくさんいたんだ。

　それだけでも、手がかりになる。

「噂は噂だから詳しくはわからないけど、１年生の女の子がその人形を買ったんだって噂で広まってたんだよ」

「購入者がいたんですか!?」

「噂ではね？　でも、その子は＜彼氏人形＞を買って数か月後に死体で見つかったんだよね」

「え……？」

　良子さんの言葉に、頭の中が一瞬真っ白になった。

　死体で見つかった……？

　不安と恐怖が全身を駆け抜ける。

2章 》 117

　瞬間、蒼太の冷たい顔を思い出した。
「＜彼氏人形＞を買ったことも本当かどうかわからないか
ら因果関係は知らないけれど、その子が変死したってこと
は本当だよ。体育館で全校集会が開かれたからね」
「そう……ですか……」
「そろそろ出勤時間じゃない？　着替えなよ」
　良子さんに言われ、あたしはハッと我に返ると制服の
入っているロッカーを開けたのだった。

3章

スイッチ

　その日のバイト中は良子さんから聞いた話が気になって、ロクに集中できなかった。

　気がつけば時間が経過していて、自分がどんな仕事をしていたのか、どんなミスをしてしまったのかも思い出せない。

　すっかり日が落ちた道を帰っていると、死体になって見つかったという言葉が何度も蘇ってきた。

　もし、その子が本当に〈彼氏人形〉を購入していたら？

　もし、〈彼氏人形〉が暴走したせいで亡くなっていたとしたら？

　蒼太と葵君を見ていると、いつ暴走してもおかしくないと思える。

　考えれば考えるほど、あたしの足は重たくなっていく。

　今日、実紗は大丈夫だっただろうか？

　何かあればすぐに連絡をするように伝えてあるから、きっと大丈夫だと思うけれど……。

　スマホを開いて、着信もメールも来ていないことを確認する。

　だけど、これからあたしたちはどうすればいいんだろう。

　あの人形を停止させる方法はあるんだろうか？

　足首のスイッチを切れば止まるような、簡単なものだろうか？

　【ドールハウス】へ行った時に、もっと冷静に話を聞い

ておくべきだったかもしれない。

　今さら悔やんでも仕方がないけれど、対処の方法がわからない状態では何もできない。

　あたしはアスファルトにズブズブとめり込んでしまいそうなほど重たい足を引きずりながらも、家についたのだった。

「ただいまぁ」

　と言いながら玄関へ入ると夕飯のニオイが漂ってきた。

　お母さんが温めて待ってくれていたのかもしれない。

　そう思い、すぐにダイニングへと向かう。

「今日は急なバイトで遅くなっちゃった」

　そう言いながらドアを開ける。

　そしてダイニングへ入ろうとした途端、目の前に蒼太が立っていてあたしは小さく悲鳴を上げた。

「蒼太……どうして……？」

　２階の部屋で待っているはずの蒼太に、あたしはドクンッと心臓が跳ねる。

「今日は陽子のご両親が出かけていく音が聞こえたから、帰りを１階で待たせてもらったんだ」

　そう言ってほほえむ蒼太。

「なんでそんな勝手なことするの？　お母さんたちに見つかったらどうするの!?」

　今日は偶然あたしのほうが先に帰ってきたからよかったけれど、両親が先に帰ってくる時だってある。

「陽子がひとりになるのがかわいそうだと思ってね」

「あたしは大丈夫だから、早く２階へ上がってよ！　お母

さんたちが買い物に出ているだけだったら、すぐに戻って
きちゃうんだから!!」

　そう言い、あたしは蒼太の手を掴んで2階へと上がる。

　ドアを開けて部屋に蒼太を入れた。

「陽子、俺が待っていたのにうれしくないの?」

　辛そうな表情を浮かべてそう言う蒼太。

「え?」

「すごく怖い顔をしているけど」

　そう言われて、ようやく自分が険しい表情をしていたこ
とに気がついた。

「あ……ごめん。両親に蒼太のことがバレたら、怒られちゃ
うからつい……」

「俺のこと、両親には言ってないの?」

　蒼太がそう聞いてくる。

　あたしは「そうだよ」と、頷いた。

「どうして?」

「どうしてって……」

　なんて返事をすればいいんだろう?

　高価な買い物だし、<彼氏人形>なんて得体の知れない
ものだし、反対されるのは目に見えている。

　返品や交換もできないとわかった今、両親にバレれば蒼
太を捨てられてしまうかもしれない。

　だけど、それを蒼太に説明するには蒼太が人形であるこ
とを言わなければいけない。

「俺たちは付き合っているのに、どうして秘密にするんだ?」

返事に困って黙っていると、蒼太の声がワントーン低く
なった。

「待って、怒らないで?」

蒼太の表情がみるみる冷たくなっていく。

あたしは蒼太から距離を置くようにあとずさりをした。

でも、蒼太はすぐに距離を詰めてきた。

「陽子、俺以外に好きな男がいるんじゃないだろうな?」

「な、何を言っているの!?」

予想外の言葉にあたしは驚いて蒼太を見る。

蒼太は真剣そのものだ。

「俺のことを両親に説明していないっていうのは、そうい
うことじゃないのか?」

「ち、違うって!!」

「じゃぁ、どういうことだよ?」

蒼太の手が伸びてきて、あたしの前髪をわし掴みにして
きた。

「痛っ!!　やめて蒼太!!」

無理やり髪を引っ張られ、痛みが駆け抜ける。

「説明しろ!!」

蒼太はあたしの髪から手を離すと、今度は肩を壁に押し
つけてきた。

その力は人間からかけ離れていて、肩の骨がミシミシと
悲鳴を上げる。

「やめて!!　離して!!」

痛みに涙が浮かび、悲鳴に近い声を上げる。

それでも蒼太は力を緩めず、あたしの肩を締め上げる。

　このままでは殺されてしまう!!

　本能的にそんな思いがよぎる。

「他に相手なんていない!」

「証拠は?」

　蒼太が射るような目であたしを見つめる。

「……スマホ……見ていいから……」

　震える声でそう言うと、蒼太があたしの学生カバンへ視線を移した。

　そして両手に込められていた力が抜ける。

　あたしはそれと同時にその場にズルズルとしゃがみ込み、痛みにしゃくり上げた。

　蒼太はそんなあたしに見向きもせず、カバンをひっくり返してスマホを取り出し、確認しはじめた。

　実紗もこんな状況だったんだろうか。

　とっさに言い訳も浮かばず、やめてと叫んでもやめてもらえず、葵君に腕を折られたんだろうか。

　それがどれほど怖かったか、考えるだけでも身の毛がよだった。

　俺様な性格に設定している葵君だ。

　蒼太のように生易しいものじゃなかっただろう。

　蒼太にはこの前ちゃんと力加減について説明したのに、全然理解していない。

　もっと時間をかけてゆっくり説明していく必要があるのかもしれないけれど、それじゃこっちの身が持たない。

いったい、どうすれば＜彼氏人形＞の力を制御できるようになるんだろうか？

そう思った時、ふと視界に蒼太の足が見えた。

蒼太はスマホを確認するのに夢中で、今は周囲が見えていないように見える。

あの足首のスイッチを切ってみようか？

そう考え、ゴクリと唾を飲み込む。

スイッチを切れば、蒼太はもう二度と動かなくなるかもしれない。

あたしは、スイッチを入れて蒼太を起動させた時のことを思い出した。

期待と緊張で胸がドキドキして、蒼太があたしを彼女として認識してくれた時のうれしさが蘇ってくる。

蒼太が止まれば、もうそんな幸せを味わうことはできなくなってしまう。

それでも……。

そっと体を動かし、低い体勢のまま蒼太へ近づく。

ドクドクと心臓が早くなり、ジットリを背中に汗をかく。

蒼太の様子を確認しながらジリジリと前進していった。

そっと手を伸ばし、指先が蒼太のジーパンの裾に触れた。

その場にいるのに息を殺し、悟られないように指先で靴下を下げる。

そしてスイッチが見えた……その時だった。

「何してるの？」

蒼太の声が頭上から聞こえてきて、あたしの体は硬直し

てしまった。

　少し指先に力を込めればスイッチが切れるのに、少しも動かない。

　頭の中は焦りで埋め尽くされ、視線を上げることもできない。

　次の瞬間、蒼太の足があたしの脇腹を蹴り上げ、壁際まで吹き飛ばされていた。

「いっ……た……」

　痛みに表情を歪め薄く目を開けると、蒼太がさっきと同じ場所に立って、冷たい視線であたしを見ている。

「他に男はいないようだけど、一応男のアドレスは消しておいたよ」

　蒼太はそう言い、あたしにスマホを投げ返してくる。

　あたしはそれを受け取ることもできず、脇腹を押さえた状態で蒼太を見た。

　蒼太は軽く笑顔を作り、靴下とジーパンを元に戻した。

「どうしたんだよ陽子。俺のこと好きなんでしょう？」

　あたしはその質問に答えられない。

　真面目で優しいと設定した蒼太。

　あたしが憧れたのは、こんな蒼太じゃない。

　蒼太はジリジリとあたしのほうへ近づいてきて、目の前でしゃがみ込んだ。

「俺はね不真面目な陽子に怒っているんだよ？　陽子のことが嫌いで手を上げているわけじゃないんだ」

「……でも、こんなことされるほど悪いことなんて……あ

たししてないよ……？」

　怖くて、か細い声が出た。

　蒼太が理解してくれるかどうかわからないけれど、限度があるということをもう一度説明しようとする。

　だけど口を開きかけた時、蒼太がそれを遮った。

「本当かな？　俺のスイッチ、切ろうとしたよね？」

　蒼太がグッと顔を近づけてくる。

「スイッチを切るってことは俺を殺すってことになるの、わかってるんでしょ？」

　蒼太のゆっくりとした口調が、冷たさを感じさせる。

「スイッチを切るのは悪いこと。殺人罪だ」

　蒼太はそう言って立ち上がった。

「殺人罪がこの程度で許されるなら、軽いよね？」

　そう言うと、蒼太はあたしの脇腹を踏みつけグッと力を込めたのだ。

　さっき蹴られたばかりの脇腹に負担がかかり、あたしは高い悲鳴を上げる。

　涙がボロボロと溢れ出し、痛みと悔しさで目の前は真っ暗になった。

　蒼太はそんなあたしを見下ろし、満足そうにほほえんでいたのだった。

呼び出し

　夕方頃に蒼太から散々な暴力を受けたあたしだったけど、
スイッチを押すと止まるということがわかった。

　蒼太本人がそう言ったのだから、間違いないだろう。

　あとは隙を見てスイッチを切ればいいだけだ。

　そう思っていたのだが……。

　お風呂から出て部屋へ戻ると、部屋の隅で座っていた蒼
太が目を開けた。

「蒼太、今日はもう寝よう？　おやすみ」

　そう声をかけ、ベッドに入る。

　すると何を思ったのか、蒼太はあたしのベッドへともぐ
り込んできたのだ。

「蒼太、どうしたの？」

　慌てて身を起こすあたし。

　蒼太はキョトンとした表情を浮かべてあたしを見つめる。

「どうしたって、俺たち恋人同士なんだから、たまにはこ
うして一緒に眠ってもいいんじゃないかな？」

　そう言い、笑顔を浮かべる。

「でも……今日は別々で眠ろうよ」

　夕方のことを思い出すと、とてもそんな気にはなれない。

　それどころか、恐怖で笑顔が引きつった。

「どうして？　俺と陽子は、十分に近づけていると思うん
だけど」

「え……？」

　近づけている？

　あたしたちが？

　そんなこと、蒼太は本気で言っているんだろうか。

　あたしは自分の耳を疑った。

「ケンカするほど仲がいいってことわざ、知ってる？」

　蒼太がうれしそうに聞いてくる。

「知っているけど……」

「俺たちも、ケンカをすることで仲良くなっているよね？」

「ケンカ……って……」

　ただ一方的に暴力を振るわれ、恐怖で身をすくめただけ
じゃないか。

　蒼太は、それをケンカだったと勘違いしている。

「ねぇ、蒼太……」

「何？　陽子」

　自分の考えは正しいと信じきっていて疑わない蒼太。

「あのね、人間同士のカップルで言うケンカっていうのは、
口ゲンカがほとんどだと思うの」

「口ゲンカ？」

「そう。簡単に相手を殴ったり蹴ったりしないの」

　できるだけゆっくり、丁寧な口調で蒼太に説明をする。

「……俺のやっていることが間違っているってこと？」

　一瞬にして、蒼太から笑顔が消えた。

　その冷たい表情に緊張が走る。

「間違っているっていうか……行きすぎている、と思うの」

自分の体を自分で抱きしめ、震え出しそうになるのをなんとか抑える。
「そうなのかな？　俺のやっていることは行きすぎている？」
「うん……」
　怖い。
　いつ蒼太の手が伸びてきて髪をわし掴みにされるだろうかと、ビクビクしている。
「じゃぁさ、陽子が俺に合わせてくれればいいんじゃないかな？」
「へ……？」
「俺、陽子との付き合いは長いけれど、陽子がそんなふうに考えていたなんて全然知らなかったんだ。それって、陽子が素直に気持ちを話してくれなかったからだろ？」
　蒼太がそう言い、あたしは何も返事ができなかった。
　蒼太にとっては、あたしが今こんな話を持ち出すことが遅いくらいなんだ。
　だから、素直に話を聞き入れてくれないんだ。
「俺は、陽子にも非があると思うんだけど？」
「そんな……あたしは何もしてないじゃない！」
　あたしは思わず大きな声でそう言っていた。
　少し帰る時間が遅くなっただけ。
　それだけで鼻血が出るほど殴られるなんて、普通じゃないんだと、蒼太に理解してほしい。
「……何もしてない？」
　蒼太の目が、徐々に吊り上がっていくのがわかった。

あたしはとっさにベッドから下りて、ドアを背にして
立った。

すぐ部屋の外へ逃げられるように。

「俺のスイッチを切ろうとしたくせに？」

蒼太はそう言いながらベッドから下りて近づいてくる。

「それは……！ 蒼太があたしに暴力を振るうからでしょ!?」

足がガタガタと震え、立っているのがやっとだ。

背の高い蒼太から見下ろされると、威圧感に体中を支配
されて動けなくなる。

ドクドク、と心臓が爆発しそうなほど脈打っているのが
わかった。

「陽子、俺、さっき言ったよね？ スイッチを切るのは人
殺しと同じだって。それを暴力で拒んで何が悪いの？」

「だって、蒼太は……!!」

言いかけた言葉を喉の奥に押し込んで、のみ込んだ。

『人形じゃない!!』

本当は、そう言いたかった。

でもその言葉が出てくる直前、骨を折られた実紗の顔が
浮かんだんだ。

この言葉を言ってしまえば、あたしも同じ目に遭うかも
しれない。

そう思うと、どうしても言葉にすることができなかった。

「……なんでもない……」

あたしはうなだれて、そう言ったのだった。

「だろ？ 俺は悪くない」

「そう……だね」

あたしは小さく頷く。

理不尽な恐怖と絶望感が、体の中からわき起こってくるのがわかった。

でも、何もできない。

今のあたしには、蒼太を止めることはできない。

「さぁ、一緒に寝よう。陽子」

蒼太があたしの手を掴む。

あたしはその手を振りほどくこともできず、一緒にベッドへと戻ったのだった。

翌日、あたしは蒼太の顔を見ていたくなくて早めに家を出た。

蒼太は昨日の出来事なんてすっかり忘れてしまったように、朝からニコニコとほほえんでいた。

結局、昨日はあたしが諦めて一緒のベッドで眠ったから、余計に上機嫌だったんだと思う。

でも、いくら蒼太の機嫌がよくてもこのままじゃいけない。

暴力と優しさを交互に使い分けることで、どんどん悪い方へ進んでいってしまうかもしれない。

女性向けの雑誌でよく見かけるパートナーからの暴力の記事を、あたしは思い出していた。

殴られても蹴られても、次には優しくなるから殴られた自分が悪かったのだと錯覚してしまう。

それが悪化していくと、周囲に助けを求めることもでき

なくなり、相手には自分が必要なのだと錯覚し、自分から
パートナーの元へと戻っていくようになる。

　あの記事を読んだ時、それは一種の洗脳と同じだと、あ
たしは思った。

　アメとムチを使い分け、相手を自分の思うとおりの人間
にする。

　それと同じことが自分の身に起こるなんて考えてもいな
かったけれど、今まさに被害に遭っている状態なのだと感
じていた。

　こうして冷静に自分の状態を把握できているうちに、ど
うにかしなきゃいけない。

　両親に頼るという手もあるけれど、蒼太が両親にまで手
を出しかねないという不安のほうが強かった。

　人間ひとりの腕を簡単に折ることができる＜彼氏人形＞。

　逆上すれば殺すことだって簡単にできるだろう。

　そんな人形相手に、あたしができることはいったいなん
なのか。

　ひとりで考えていても答えは見つからないから、学校に
ついてすぐ、あたしは有里の姿を探した。

　最初に＜彼氏人形＞を紹介してきた有里なら、きっと何
か知っている。

　安全に＜彼氏人形＞を止める方法があれば、聞き出す必
要があった。

　だけど、こんな日に限ってあたしは早く学校へつきすぎ
てしまい、教室にはほとんど生徒の姿はなかった。

蒼太から逃げるように家を出たのだから、当然のこと
だった。
　あたしは自分の机にカバンを置き、イライラしながら有
里が登校してくるのを待った。
　有里を待つ間にもクラスメートたちから話しかけられた
けれど、とても楽しくおしゃべりをする気にはなれず、あ
たしはうつむいたまま顔を上げることもなかった。
　そして、数十分後、有里と実紗がほぼ同時に教室に入っ
てきた。
　いつもどおり、あたしのほうを見向きもせずに席へ向か
う有里。
　あたしは勢いよく席を立ち、そんな有里の前に立ちはだ
かった。
「有里、話があるんだけど」
　あたしの声は自分でも驚くくらい低く冷たく、それほど
まで怒りを溜め込んでいたのだと、わかった。
「何？」
　怪訝そうな表情を浮かべる有里。
　そんなあたしたちを見て、実紗がすぐに近づいてきた。
「どうしたの、陽子」
「有里に＜彼氏人形＞について聞こうと思って。有里なら、
きっと何か知っていると思ったから」
　そう言うと、一瞬にして有里の顔が青ざめた。
「何を言っているの。あたしは何も知らないよ！」
　有里が声を上げる。

「あたし、まだ何が起きたか説明していないのに、どうして そんなに慌てるの？」

　冷静な表情でジッと有里を見る。

「何か隠しているんじゃないの？」

　実紗がたたみかけるように言葉を続けた。

　有里はしばらくの間「何も知らない」と繰り返していた けれど、やがて諦めたように黙り込んでしまった。

「あの店や人形について、詳しく教えてもらうからね」

「……わかった。でも、教室じゃ無理……」

　うなだれてそう言う有里を連れて、あたしたちは３人で 教室を出たのだった。

協力

　もうすぐホールムールがはじまる時間、あたしたち3人は校舎裏へと来ていた。

　前に実紗と話した時のように屋上へ出ようかと思ったのだが、有里が誰かに話を聞かれることを恐れ、外がいいと言ったのだ。

　そこまでコソコソ話をしなければいけないということは、有里は重大な何かを知っている可能性がある。

「有里はいったい何を隠しているの？」

　日が当たらずジメジメしている校舎裏へ来て、あたしは有里にそう聞いた。

「……ごめん……」

　有里は、派手な見た目からは想像できないくらい小さな声でそう言った。

「＜彼氏人形＞が不良品だって、知っていたんでしょ？」

　実紗がそう聞く。

　すると、有里は驚いたように実紗を見た。

「不良品って……？」

「あたしたちが買った＜彼氏人形＞はすごく凶暴化する不良品だったの。実紗は人形に腕を折られたんだから」

　あたしはそう言うと、有里は大きく見開いた目をさらに見開いた。

　今にも目玉が飛び出してしまいそうだ。

「あたし……そんなこと知らない」

　そう言い、数歩あとずさりをする有里。

「嘘！　じゃぁどうして＜彼氏人形＞について聞いた時、青ざめてたの!?」

「それは……！　それは……個人情報を売買する手助けをしていたのがバレたのかと思って……」

　有里がうつむいてそう言った。

　あたしと実紗は目を見かわせる。

　突然ダイレクトメールが増えたのは、やっぱり【ドールハウス】が原因だったのだ。

　そして、それを有里は知っていて手伝いをしていた。

　予想どおりだ。

　だけど、今あたしたちが知りたいのはその話ではない。

「個人情報を流出させるのは立派な犯罪だよ。でも今は、＜彼氏人形＞が不良品だったってことを聞いているの」

「知らない……それは本当に知らない」

　有里が懸命に左右に首を振る。

　嘘をついているようには見えない。

　あたしは実紗のほうを見た。

「本当に知らなそうだね」

　そう言う実紗に、あたしは頷く。

　そして有里へと視線を戻した。

「じゃぁ、＜彼氏人形＞を止める方法は？」

「わからないよ……。あたしはただ友達にお店を紹介すれば紹介料が少しだけもらえるって聞いて……それで、ふた

りに＜彼氏人形＞を勧めただけだから……」

　そう言い、有里は実紗の腕を見つめる。

「それ……本当に人形がやったの？」

「……そうだよ」

「あたしも、昨日髪の毛を引っ張られて脇腹を蹴られたんだから」

「そんな……」

　有里の表情が苦しげに歪む。

「実紗の＜彼氏人形＞は少し強引な性格に設定していたけれど、あたしの＜彼氏人形＞は優しい性格に設定していたの。それなのに、ふたりとも暴力を振るうようになってるの」

「そんな人形だなんて、あたしは聞いてない！　知っていたらふたりに勧めたりしてないよ！」

　有里は自分の誤解を解こうと必死に抗議する。

　その目には涙が浮かんでいて、今にもこぼれ落ちそうだ。

「……わかった、有里を信じる」

　実紗がそう言うと、有里の表情が明るくなった。

「ありがとう……」

「その代わり、有里も手伝って」

　安堵している有里に、あたしはそう言った。

「手伝う……？」

「＜彼氏人形＞は返品も交換もできない。だけど止める方法はひとつだけある」

「何……？」

「スイッチを押すこと」

あたしの言葉に、有里は不安そうな表情を浮かべたのだった。

校舎裏にいたあたしたちはそのままコッソリ学校を抜け出し、実紗の家に向かっていた。

制服姿の3人が歩いていると不審がられると思ったので、体調を崩した実紗を家まで送るように見せかけて歩いた。

無言のまま歩くあたしたちに、有里が時々不安そうな表情を投げかけてきた。

今から実紗の家に行って葵君の動きを止めようとしているのだから、当然だ。

その恐怖を身をもって知らない有里でさえ、実紗の腕を見てこうして怯えている。

「実紗、今日、親は家にいる？」

「今日はふたりとも出かけてる。家には葵ひとり」

あたしの言葉に、実紗がそう返事をする。

「それならよかった」

あたしは実紗の両親にも嘘をつく必要があると思っていたので、胸を撫で下ろす。

「ここだよ」

実紗が2階建ての大きな家の前で立ち止まった。

有里がその家を見上げる。

「行くよ」

あたしはそう言い、玄関のドアに手をかけたのだった。

カギを開けて玄関へ入ると、家の中はシンッと静まり返っていた。

　葵君ひとりしかいないということは、これほど静かでもおかしくはない。

「葵は２階にいる」

　実紗がそう言い、先に立って歩き出す。

　茶色の階段を上がっていくと、ギッギッと少しだけ木がきしむ音がした。

　２階に上がって一番手前の部屋が実紗の部屋だった。

　あたしは何度か遊びに来たことがあるので、覚えている。

「葵、今日は少し早く帰ってきたよ」

　そう声をかけながら実紗がドアを開く。

　すると部屋の中から「おぉ、帰ったのか実紗」と、葵君の声が聞こえてきた。

　実紗に続いて部屋へ入ると、葵君を見た有里が一瞬息をのむ音が聞こえた。

　ここまで人間に近い人形だということを、改めて知ったのだろう。

「葵、紹介するね。あたしの友達の有里」

「有里か。はじめまして」

「ど、どうも……」

　差し出された葵君の手を、おずおずと握る有里。

「すごい……本当に人間みたい」

　思わずそう口走る有里。

　瞬間、葵君が表情を少しだけ変えたことを、あたしは見

逃さなかった。

　やっぱり、蒼太よりも"人間"や"人形"という言葉に敏感みたいだ。

　実紗の腕を折ってしまうくらい、葵君は自分が人形であることを気にしているのかもしれない。

「有里、スイッチは足首よ」

　あたしがこっそり有里に耳打ちをする。

　有里の視線が、葵君の顔から下へと移動した。

「スイッチを切ればいいんだよね？」

「そう。お願いね」

　有里が小さく頷く。

　葵君は実紗と会話をしていて、そちらに夢中だ。

　有里はクッションを引いてその場に座り、そっと葵君の足元を盗み見た。

　蒼太と同じ、ジーンズに靴下をはいている。

　実紗は立ったまま葵君と会話を続けている。

　有里が少しずつ体勢を変えながら葵君に近づき、手を伸ばした。

　足首まであと10センチ。

　5センチ。

　3センチ。

　ジリジリと近づく有里と、楽しい会話で葵君の気を引きつけている実紗を交互に見る。

　2センチ。

　1センチ。

有里の手が葵君のジーンズに触れた。

　ゆっくりとした動作で、ジーンズの裾をめくる有里。

　その瞬間、葵君が実紗から視線をそらした。

　いけない!!

　とっさに有里を止めようと足を踏み出す。

　しかし、葵君のほうが早かった。

　一瞬にして有里の背中側から襟首を掴むと、そのまま片手で有里の体を持ち上げたのだ。

「有里!!」

　葵君は有里の体を天井へ届くほど高く持ち上げ、有里は服が首に食い込んで苦しがっている。

「やめて!!　離して、葵!!」

　実紗が必死で葵君をなだめる。

　でも、葵君はジッと有里を見つめて視線をそらさない。

　有里の顔は徐々に赤くなっていき、苦しさにあえぎはじめた。

「実紗の友達はくだらねぇことをするんだな」

　葵君は怒りに満ちた声色でそう言った。

　スイッチを切ろうとしていたことが完全にバレている。

　それでも、どうにか言い訳を考える必要があった。

「違うの……!　有里は悪気があったわけじゃないの!!」

「葵君!　お願い!!　有里が死んじゃう!!」

　あたしと実紗は葵君の体にしがみつき、必死で有里の体を下ろそうとする。

「へぇ?　俺も今この女に殺されかけたけど?」

葵君が冷たい声でそう言い、有里を睨んだ。

「葵君聞いて!!　有里は葵君にスイッチがあるなんて知らなかったのよ!!　だから足に手を伸ばしたのは……ただ、ホコリを取ろうとしただけなの!!」

「ホコリ……?」

葵君があたしに視線を移す。

あたしは、できる限りの笑みを浮かべた。

「そうだよ。初めて会う葵君にスイッチがあるなんて、有里にわかるはずないでしょ?　だから、こんなことをする必要ないの!!」

そう言っている間にも有里はあえぎ声を失い、目を見開いて力を失っている。

これ以上このままの状態を続けると、本当に命が危ない。

だから……。

どうか理解して……!!

ギュッと目を閉じてそう祈った時、葵君が有里の体を床へ寝かした。

締められている首が解放され、有里が激しくせき込む。

「有里……!!」

駆け寄ると、有里は目を開けて涙を流した。

よかった。

荒い呼吸を繰り返す有里にホッと胸を撫で下ろす。

落ちつけば大丈夫そうだ。

「紛らわしいことすんじゃねぇよ」

葵君は有里を見下ろしフンッと鼻を鳴らしたのだった。

出会いの場所

　それから、すぐ実紗は、

『あたしは葵とふたりでも大丈夫だから。ふたりは他に解決策がないか考えてみて』

　と言って、あたしと有里を家から追い出した。

　きっと、あたしたちが葵君から暴力を受けることを不安に感じたからだろう。

　あたしと有里は逃げるように実紗の家から出ていたけど、しばらく実紗の家の前から動くことができなかった。

「本当に大丈夫なのかな……」

　有里が首をさすりながら２階の部屋を見上げる。

　白いレースのカーテンが引かれていて中は見えない。

「何かあればすぐに連絡するようには言ってあるけど、連絡できない状態の時もあると思う」

　有里がなすすべもなかったのを見ると、連絡できる状態の時はまだマシなのだと感じた。

「どうするの、これから」

　有里にそう聞かれてあたしは考え込んだ。

　想像はできていたけれど、やっぱり葵君のスイッチを止めることは難しい。

「どうにか、＜彼氏人形＞を止める方法を考えなきゃ」

「店には行ってみたの？」

「一度だけ……。もう一度、行ってみようか」

藤井さんの態度を思い出すと腹が立つけど、あとはもうそれくらいしか手段がない。

　藤井さんに会えれば、＜彼氏人形＞の正しい止め方もわかるだろう。

「行こう、有里」

「うん」

　こうして、あたしは再び【ドールハウス】へと足を向けたのだった。

　制服のままだったあたしたちは、私服に着替えるために一度有里の家へと向かった。

　有里の家は実紗の家から意外と近くて、歩いて10分くらいの場所にあった。

　小さな一軒家だ。

　有里の持っている服はどれも派手だったけれど、ここで文句を言っている時間もなくて、あたしは差し出されたピンクのワンピースに袖を通した。

　制服を紙袋に入れてもらって家を出ると、まっすぐに商店街へと向かった。

　時間的にまだ人が少ない商店街に入り、裏路地へと向かう。

　いつものパン屋を曲がったところで、あたしは違和感を覚えた。

　何か風景が変わっている気がする。

　そう思い、キョロキョロと周囲を見まわす。

　その違和感の正体に気がついたのは、有里のほうが先

だった。

「あれ？　店がない？」

「え……？」

　言われてみれば、いつも出ている【ドールハウス】の看板が出ていないのだ。

　あたしと有里は弾かれたように走り出し、その店の前で立ち止まった。

「嘘……」

　店の入り口には【空き店舗】というポスターが貼られ、不動産屋の電話番号が書かれている。

　あたしと有里は、空き店舗の前で呆然として立ち尽した。

「やっぱり逃げたんだ……」

　あたしはギリッと奥歯を噛みしめる。

　こんなことになるなら、この前もう少し藤井さんを問い詰めておけばよかったんだ。

　後悔が真っ黒な渦となって心の中に充満していく。

　今さらここに突っ立ってあがいていたって、どうしようもない。

「有里、藤井さんの電話番号知らないよね？」

　そう聞くと、有里はポケットからスマホを取り出した。

　その番号を見せてもらうと、名刺に書いてある番号と同じものだった。

　少しだけ関わりを持って金銭のやり取りをするだけの高校生に、本当の電話番号など教えていないようだ。

　念のために有里がその番号に電話をかけてみたが、当然

つながらなかった。

「まだ報酬ももらってないのに」

　有里が小さく呟く。

　そんなの、友達を売ろうとしたんだから自業自得だ。

　そう思ったけど、ここで有里と無意味なケンカをするつもりはないので言葉をのみ込んだ。

　有里もあたしも実紗も、まんまと藤井さんに踊らされてしまったということだ。

「有里、最初に藤井さんと会ったのはどこ？」

「え？　どうするの？」

「＜彼氏人形＞を止めるにはどうしても藤井さんを見つける必要がある。だから、まずは有里と藤井さんが出会った場所から探そう」

「そっか、わかった。あたしが初めて声をかけられたのは公園だよ」

　そう言い、有里が先に立って歩き出す。

　あたしはそのあとに続いて歩みを進めたのだった。

　有里が向かった先は学校の近くにある小さな公園だった。

　遊具などもほとんどなく、草が背の高さくらいまで生えている。

「こんなところで何してたの？」

　草をかき分けて公園に足を踏み入れる。

　頬や手や足に草が絡みつき、すぐにかゆくなってきた。

「タバコだよタバコ」

有里が当たり前のように返事をする。
「こんな場所で吸ったっておいしくないでしょ」
　あたしは周囲を見まわしてそう言った。
「タバコ吸ってるの？」
「吸わないけど、草に埋もれていたらまずくなることくら
い、なんとなくわかる」
「この公園は管理者がいなくて、年に一度しか草刈りもさ
れない。秋から冬にかけて草は伸びたまま。だから人目に
つきにくいの」
　有里の言うことはわかるけれど、そうまでしてタバコを
吸いたい心理はわからない。
　草をかき分けていくと、薄汚れたクリーム色のトイレが
見えた。
「ここで吸ってたの」
　トイレの掃除もされていないようで、壁にはスプレーで
の落書きが目立つ。
「ここでしゃがみ込んでいたら、本当に人目につかないよ
ね。なのに、どうして藤井さんはこんなところに来たのか
な？」
　あたしはそう言い、首をかしげる。
　わざわざ草が生えた公園に入ってくる理由がわからない。
　トイレに行きたかったとしても、近くにコンビニがある
から普通はそちらを選ぶと思う。
「あたしみたいな子を探していたんだと思うよ」
　有里がそう言い、自分を指さした。

「どういうこと？」

「少し危険だけどお金になることを手伝ってくれるような、若者ってこと」

　なるほど。

　それなら頷ける。

　この草の間からタバコの煙が上がっているのを見つけ、バイトを頼むために近づいてきたということか。

「どんなふうに声をかけられたの？」

「『簡単に稼げるバイトがあるんだけど、お小遣いいらない？』って。声をかけてきたのは女の人だったし、売春とかじゃなければいいかなって思って……」

　そして、有里はそのバイトを引き受けたのだ。

「ね、タバコ吸っていい？」

　そう言い、有里がスカートからタバコとライターを取り出す。

　つい先ほど怖い目にあったのに、タバコなんか吸う余裕があるの？

　そう思ったけれど、ライターを持つ有里の手が小刻みに震えていたので、あたしは口をつぐんだ。

　それからあたしは汚れたトイレで制服に着替え、有里にワンピースを返した。

「あたしいったん学校に戻るね。実紗のカバンもあるし」

「そっか。あたしは、もう少しここにいる」

「わかった。じゃあね、有里」

　そう言い、有里を置いて歩き出す。

「ねぇ、待って」

　数歩歩いたところで呼び止められて、あたしは振り向いた。

「ごめん……ね。あたし、＜彼氏人形＞のこと何も知らなくて」

　有里が申し訳なさそうに小さな声でそう言った。

　あたしは、そんな有里を見下ろす。

　有里が＜彼氏人形＞について知らないのは、仕方がないことだ。

　だけど、許すつもりはなかった。

「……ほんと、大迷惑」

　あたしはそう言い、有里を残して公園を出たのだった。

蒼太の機嫌

　いったん学校へ戻ったあたしは、担任の先生に実紗がケガの影響で高熱を出し、両親が不在のため一緒について帰ったという嘘の説明をした。

　最初は疑うような表情を浮かべていた先生だけれど、なんとかあたしの話を信じてくれたようだ。

　有里もカバンも置いたままだから戻ってくるかと思っていたけれど、その気配はなかった。

　それから残りの授業を受けたあたしだけれど、授業内容はさっぱり頭に入ってこない。

　先生の言葉は右から左へと流れ、ノートと教科書はただ広げているだけの状態。

　このままじゃ勉強にはついていけなくなるし、日常生活にも支障が出てきそうだ。

　頭痛がしてきそうなほど考えに考えても、結局答えなんて見つからないまま放課後になった。

　あたしは自分と実紗のカバンを持ち、教室を出る。

　今日はアルバイトが入っていないから、実紗にカバンを届けてまっすぐ帰ろう。

　蒼太はあたしの帰りが早いと機嫌がいい。

　葵君も、今日はそんな様子だった。

　あたしの足は自然と早足になり、実紗の家へと向かったのだった。

実紗の家に到着すると、すぐに実紗が玄関に出てきた。

その表情は少し疲れているようだったけれど、今のところ何も起きていないということだった。

「これ、カバンね」

「ありがとう陽子」

「あたしもすぐ帰らなきゃ。蒼太を怒らせる前に」

「そうだね。気をつけて帰ってね」

あたしは実紗に軽く手を振り、すぐに方向転換して歩きはじめた。

今は、とにかく＜彼氏人形＞の機嫌を損ねないように気をつけること。

ただそれだけしかできなかった……。

家についた頃には息が上がり、額に汗が流れていた。

少しでも蒼太の機嫌が悪くならないようにと、歩みを緩めることなく歩いて帰ったからだ。

あたしは玄関を開けて「ただいま」と、2階へ届くくらいの声で言う。

靴を乱暴に脱いでドタドタと足音を立てながら部屋に入ると、笑顔の蒼太がいた。

「陽子、お帰り」

「……ただいま」

蒼太の笑顔にホッとして、肩の緊張がほぐれる。

口の中がカラカラで何か飲みたかったけれど、それよりも蒼太との会話を優先しなきゃいけない。

あたしは乾いた唇にリップクリームを塗るだけで我慢して、ベッドに座った。

「今日学校はどうだった？」

「うん。楽しかったよ」

「陽子はなんの科目が得意なんだっけ？」

「う〜ん……好きなのは数学だよ。でも得意ってほどじゃないけどね」

　そう返事をしてほほえむ。

　その間も、あたしは蒼太の表情を何度も盗み見し、あの冷たい顔になっていないかどうかと怯えていた。

「そっか、数学かぁ」

「う、うん」

　頷き、沈黙が下りてくる。

　どうしよう、何か会話を続けたほうがいいのかな？

　それとも、蒼太はこういう沈黙を望んでいるのだろうか？

　わからなくて、あたしはせわしなく部屋の中を見まわす。

　すると、蒼太が突然あたしの肩に手をまわしてきたのだ。

　そのままグッと引き寄せられる。

「そ、蒼太？」

　恐怖で心臓がギュッと痛む。

　しかし、蒼太はあたしに暴力を振るうつもりではなかったみたいだ。

　まわされた手は優しくあたしの肩を抱き、ジッと動きを止めている。

「陽子、いい香り……」

「へ!?」

「シャンプーかな？　甘い香りがする」

　蒼太はそう言ってあたしの頭を撫でた。

　あたしはその手の感覚に、再び緊張がほぐれていくのがわかった。

　今日は……いや、今は安全そうだ。

　あたしは無言のまま、蒼太のしたいように身を任せることにした。

　蒼太はあたしの頭を撫でながらそっと額にキスしてきた。

　さっき汗をかきながら帰ったばかりだけど、人形である蒼太にそんなことは気にならないようだ。

　髪だって、きっとシャンプーより汗のニオイのほうが勝っているんじゃないかと思う。

　インプットされた甘いセリフを言っているだけなんだ。

「陽子、俺のこと好き？」

　不意にそんな質問をしてくる。

　あたしは一瞬言葉に詰まったけど、「好きだよ」と最善の返事をすることができた。

「うれしいよ陽子。俺も陽子のことが好きだよ」

　そう言ってくれる蒼太に泣きそうになる。

　これが本当の彼氏からの言葉だったら、どれだけうれしかっただろう。

　蒼太のようにカッコよくて、優しい男性にあたしは今でも憧れているのだ。

　だけど、愛のささやきは、あたしにとって自分の身を守

るだけの言葉となってしまった。

そこに本物の愛情など、存在していない。

表面上だけで『好き』という言葉を使わないといけないことが、すごく悲しかった。

「陽子、君がいつまでもこうしていい子でいてくれれば、俺はそれで満足なんだよ」

蒼太があたしの耳元でささやく。

そのささやきに虫唾が走った。

ゾクゾクと寒気が駆け上がり、嫌悪感がわき起こってくる。

蒼太の言う『いい子』とは、自分に忠実な犬のような存在を指しているように感じる。

少しでも不満に思うことがあれば暴力で抑制し、自分好みになるよう手なづけていく。

蒼太が抱きしめる力をさらに強めた時、まるで天からの助けのようにスマホが鳴った。

「ごめん蒼太。電話が鳴っているから」

あたしはそう言い、サッと蒼太から身を離した。

カバンから取り出したスマホを確認すると、実紗からメールが届いていた。

【陽子。あたしはいつまで葵の機嫌をとっていればいいのかな？】

そんな文面が目に入る。

たった数行の文章の中に、さっき見た実紗の疲れた表情がリアルに浮かんできた。

【大丈夫？　今日有里と一緒に【ドールハウス】へ行った

けれど、店はもうなくなってた。でも、このままじゃあたしたち、<彼氏人形>の奴隷みたいになっちゃう。明日また店まで行って藤井さんの行先がわからないか調べてみようと思っているの。実紗も行く?】

　あたしは手早くそう打ち込んで送信ボタンを押した。

「陽子、何してるの?」

　文面を作るのに少し時間がかかってしまったため、蒼太が冷めた顔でこちらを見ている。

「友達からメール。明日小テストがあるから範囲を教えてあげたの」

　あたしはそう言い、すぐに蒼太の横へ戻った。

「そうなんだ。じゃぁ今日は陽子も勉強しなきゃね」

「うん。頑張るよ」

　あたしはそう言い、ほほえんだのだった。

クラスメートたち

　蒼太が機嫌よく過ごした日は、あたしも安心して眠ることができた。

　翌朝目が覚めると蒼太が先に起きていて、ベッドの横であたしの寝顔を見つめていたのだと言う。

「恥ずかしいからダメ」

　と言うと、蒼太は「かわいかったよ」と言った。

　こんな関係が、当たり前に続けられないのはどうしてだろう。

　蒼太が人間なら、理性がちゃんと働いて普通のカップルとして過ごせるかもしれないのに。

　そう考えると辛くなって、目の前にいる蒼太から視線をそらした。

「今日も学校だから、行ってくるね」

「うん。今日はテストなんだろ？　頑張れよ」

「う、うん」

　テストというのは嘘だ。

　実紗からのメール内容を悟られないために、とっさに口から出ていた嘘。

　最近のあたしの生活は、嘘で塗り固められている。

「陽子は勉強したんだから大丈夫だって。そんな心配そうな顔をしないでよ」

　あたしは罪悪感から沈んだ表情になっていたのだろう、

蒼太があたしの頭をポンポンと撫でた。

「そうだね。頑張ってくるよ！」

　あたしは元気いっぱいに返事をする。

「俺は陽子を応援してるよ」

「うん。ありがとう蒼太」

　そう言い、あたしは部屋を出たのだった。

　学校へついても、あたしはぼんやりと机に座って今後のことを考えていた。

　とりあえず、今日の放課後もう一度【ドールハウス】のあった場所へ行ってみよう。

　そして周辺の店に、【ドールハウス】の移転先を知らないか聞いてみる。

　そこまではプランとしてできあがっているのだが、その先どうしようかと思っていた。

　個人情報を売買したり、不良品を買わせたりしているお店だ。

　そう簡単に移転先を周囲に教えているとは思えない。

　そう考えると、気は重くなるばかりだった。

「陽子、おはよう」

　しばらくすると実紗が登校してきた。

　その顔は疲れていて、目の下にクマができている。

「実紗、大丈夫？」

「うん……。昨日なかなか眠れなくて」

「葵君と、また何かあった？」

3章 >> 159

「ううん。あたしが気をつかっていれば葵はご機嫌だから
いいの。でも、その分神経を使っちゃって……」

　実紗はそう言い、ため息を吐き出す。

　実紗は、あたし以上に疲れている。

　ちょっとしたことでもキレてしまう性格の葵君が相手だ
から、かなり辛いのだろう。

「今日、保健室で寝てる？　先生にはあたしから説明して
おくよ？」

「ありがとう……。お願いできるかな？」

「もちろん。お昼になったら起こしにいくから、ゆっくり
寝てるといいよ」

　あたしがそう言うと、実紗はカバンを机に置いて教室を
出ていった。

　あたしはその背中を見送り、早くなんとかしなきゃ。

　と、唇を噛んだのだった。

　担任の教師が教室へ入ってくると同時に、あたしはすぐ
に実紗が今日も体調不良で今は保健室にいるということを
伝えた。

　担任教師は心配そうな表情を浮かべて「季節の変わり目
で風邪も流行っているから、みんなも気をつけるように」
と、クラスメートたちに注意を促していた。

　休み時間のたびに何人かのクラスメートがあたしの机に
やってきて、実紗の体調を気にかけている。

　あたしはあいまいにほほえみ「たぶん、大丈夫だと思う」
と、あいまいな返事をするしかなかった。

誰かに相談したいけれど、有里みたいに巻き込んでしまいそうで怖い。

「陽子ちゃん、ひとりで実紗ちゃんのノートを取るの大変でしょ？　次の時間はあたしがノートを取ってあげるよ」

「うん、ありがとう」

　そう言い、実紗のノートを取ってくれる優しい友達。

　そんな友達に本当のことが言えないのは、やっぱり心苦しくて、昼休みになるとあたしは逃げるように教室から出た。

　実紗と自分のカバンを持って、保健室へ向かう。

「失礼します」

　入学してからほとんど入ったことのない保健室に、少しだけドキドキする。

　ドアを開けて入ると消毒液のニオイがツンッと鼻をつき、先生の席には誰もいなかった。

「実紗、いる？」

「陽子？」

　カーテンが引いてある奥側のベッドから、実紗の声が聞こえてきた。

　カーテンを開けると、そこには目を細めてこちらを見る実紗の姿があった。

「ごめん、まだ寝てた？」

「うん。もしかして、もうお昼？」

　実紗はそう言い、体を起こす。

「うん。お弁当、カバンの中でしょ？　持ってきた」

　そう言って、実紗にカバンを差し出す。

「ありがとう。今日、ここで食べる？」

「そうしようと思って。今先生いないし、黙ってればバレないよ」

「そうだね」

　そう言って、あたしたちは久しぶりにほほえみ合ったのだった。

　先生には内緒でお弁当を食べながら、あたしは「昨日、送ったメールは見た？」と尋ねた。

「見たよ。今日また【ドールハウス】に行くの？」

「うん」

「でも、もう【ドールハウス】はなくなってたんでしょ？」

　実紗が箸を止めてあたしを見る。

「うん。でも、周囲の店が【ドールハウス】について何か知ってるかもしれないし」

　あたしがそう言うと、実紗は「あ、そっか」と、頷いた。

「じゃぁ、あたしも一緒に行く」

「葵君は大丈夫？」

「学校があるってちゃんと伝えてきてるから大丈夫だよ。あたしも早く＜彼氏人形＞の止め方を知りたいし」

「そうだよね……。じゃぁ、これから一緒に行ってみよう」

「うん」

　こうして、あたしと実紗は午後の授業をサボッて商店街へ向かうことになったのだった。

人探し

　あたしたちは、予定どおり商店街へと向かった。
　昨日と同じでガランとしている【ドールハウス】のあった建物へと、実紗が歩み寄る。
「本当にどこかへ行っちゃったんだね」
「うん……。でも、予測はできていたことだから、今はできることをしようよ」
　落ち込む実紗を励ますように、あたしは言った。
　実紗はガラス張りの建物の中をジッと見つめていたけれど、しばらくするとスッとそこから身を離した。
　その目は少し吊り上がっていて、怒りを感じさせた。
「行こう、陽子」
「……うん」
　あたしたちは手はじめに、【ドールハウス】の並びにある喫茶店とガラス細工を扱う雑貨屋、焼き鳥屋を当たってみることにした。
　でも、今日は喫茶店は休みだったので、まず雑貨屋に向かう。
　レンガでできたアンティークな建物で、白い扉を開くとカランカランと低い鈴の音色が響いた。
「わぁ……」
　店内にズラリと並んでいるカラフルで繊細なガラス細工に、思わずため息がこぼれる。

入って真正面の大きな四角いテーブルの上には、小さな
ガラス細工がひしめき合うように置かれている。

　それはカエルの形をしていたり、少女と少年が寄り添っ
ていたりして、すごく愛らしい世界だった。

「キレイ……」

　電気の光でガラスがキラキラと輝き、まるでおとぎ話の
世界に迷い込んだような感覚に陥る。

「いらっしゃい」

　ジッと商品を見ていると、お店の奥からひとりの男性が
出てきた。

　青いエプロンをしていて、長めの髪をひとつにくくり、
黒縁メガネをかけている。

「ど、どうも……」

　ひょろりと背の高いその人は20歳前後に見えた。

「あ、ゆっくり見てってね。商品の説明とか必要だったら
言って？」

　彼はそう言い、お店の隅っこに置いてあるイスに腰をか
けた。

　接客業が得意そうには見えないその人に、あたしと実紗
は目を見かわせる。

「あの……実はちょっと聞きたいことがあって来たんです」

「聞きたいこと？」

　ズレたメガネを直してあたしと実紗を交互に見る。

「はい。隣にあったお店のことなんですけれど」

　あたしがそう言うと、彼は少し目を伏せて「あぁ。あの、

よくわからない人形を売っていたお店？」と、言った。

「そうです。そのお店、今はどこにあるかわかりませんか？」

「さぁねぇ……。1か月くらい前にいきなり店をはじめたけれど、挨拶にも来ていないし、交流もなかったからねぇ」

　彼は困ったようにそう言った。

「そうですか……」

「でも、あまり関わらないほうがいいかもね」

「え、どうしてですか？」

「う〜ん……ただの勘なんだけどね、あの店の店主からは何か黒いものが見える気がするんだ」

「黒いもの……？」

　あたしはその言葉に首をかしげる。

「そう。これだけ輝いているガラスを毎日見ているとね、人に色がついているのがわかるんだ。純粋な人は白や透明。何か悪いことをしている人は黒。君たちは……暗い紫色に見えるけれど、何か困っていることでもあるの？」

　すべてを見透かされたようにそう言われ、あたしは思わずあとずさりをした。

「あ、ごめん……。気に障ったなら謝るよ」

「いえ……当たっていますから」

「やっぱりね。だけどここへ来てもその解決策は見つからなかったってところかな？」

「……はい」

「じゃぁ、困っていることが解決したら、また遊びにおいでよ」

彼はそう言い、ほほえんだ。

クシュッと人懐っこそうな笑顔。

「ありがとうございます。次に来る時は、ちゃんとお客として来ます」

あたしは笑顔でそう言うと、実紗とふたりで店を出たのだった。

「なんか、全部見透かされてたね」

店を出てから実紗がポツリと言う。

「接客業だからでしょ」

あたしは適当な返事をする。

今日初めて出会った人に図星をつかれて、少しイライラしているのが自分でもわかった。

「たとえばさ、最初に入った店が【ドールハウス】じゃなくてさっきのガラス細工店だったら、あたしたち今頃どうなっていたのかな」

「そんなのわかんないよ。今、初めて入ったんだし」

あたしは実紗の言葉にまでイライラして、冷たい返事をした。

そして、焼き鳥屋へと急いだ。

焼き鳥屋のドアを開けると、肉が焼けるいいニオイとジュージューと食欲をそそる音が聞こえてきた。

「へい、らっしゃい!!」

まるで魚屋さんのように威勢のいい声が出迎えてくれる。

あたしは慌てて「ちょっと、聞きたいことがあるんで

す！」と、自分たちはお客さんじゃないということをア
ピールした。

　今度は実紗がさっきのあたしと同じように【ドールハウ
ス】について聞いたけれど、返事はガラス細工店の店主と
同じようなものだった。

　藤井さんはこちらの店にも挨拶に来ておらず、出ていく
時もいつの間にかいなくなっていたそうだ。

　やっぱり、ダメだったか……。

　肩を落として店を出る。

　もともといい情報が得られるとは思っていなかったけれ
ど、実際に何も得るものがないとなるとさすがに落ち込ん
でしまう。

　その後もダメもとで商店街にあるお店を数件まわってみ
たけれど、藤井さんに関する有力な情報は何ひとつとして
出てこなかったのだった。

検索

「これからどうしよう……」
　実紗が小さく呟く。
「わからない……」
　あたしも同じように小さな声で答えた。
　これから先どうやって<彼氏人形>について調べればいいかわからない。
　わからないけれど諦めることはできなかった。
　諦めれば、あたしと実紗は一生<彼氏人形>の奴隷になってしまう。
　これからのことを考えると、一気に気持ちが落ち込んでいくのがわかった。
　ふたりで無言で歩いていると、あたしの視界にネットカフェが見えた。
　商店街の真ん中あたりに建っている比較的大きなお店だ。
　あたしはその前で立ち止まった。
「ねぇ、実紗」
「何？」
「この前さ、実紗の代理でバイトに出たのを覚えてる？」
「うん。覚えてるよ。あ、お礼を言い忘れてたね」
「お礼なんていいの。その日は良子さんがバイトに出ている日で、あの人、有里と同じで派手系な人だから何か知っているかと思って、<彼氏人形>についてそれとなく聞い

てみたの」

　あたしの話を、実紗は少し不安そうな表情をして聞いている。

「そしたら、良子さんは＜彼氏人形＞のことを都市伝説みたいなものだって言ってたの」

「都市伝説？」

「そう。良子さんの学校の１年生が＜彼氏人形＞を購入してしばらくたってから、変死したって噂があるんだって」

「変死!?」

　実紗の顔がサッと青ざめる。

　他人事や噂では済まされないのだろう。

　あたしも、実紗と同じ気持ちだ。

「その１年生が、本当に＜彼氏人形＞を購入したのかどうかはわからないらしい。でも、もし、それが本当のことだったとしたら……」

　その先の言葉を、あたしはのみ込んだ。

　想像しただけで十分に恐ろしくて、口に出すことなんてできなかった。

「どうしよう。このままじゃあたしたちもその子と同じになっちゃう……!!」

「でも、都市伝説だって言われるくらい知れ渡っていることなら、＜彼氏人形＞についての情報が出まわっていると思わない？」

「そう言われればそうかもしれないよね」

　実紗が視線を、あたしからネットカフェへと移した。

「ここで調べてみようって、こと？」

「うん。何もしていないよりは気分も紛れるし、行ってみない？」

「もちろん。行ってみよう」

　こうして、あたしたちはそのネットカフェに入ることになったのだった。

　ネットカフェに入るのは初めてのことだったけれど、入ってみると意外と明るい雰囲気があって、あたしはホッとした。

　勝手に、もっと暗くて陰湿なイメージを持っていたのだ。

　受付で簡単に手続きを済ませると、あたしと実紗は一番奥の個室へと案内された。

　個室といっても完全な部屋ではなく、コの字形の板で仕切られているだけでドアはついていない。

　中は3畳ほどの広さがあり、正面にテーブルとパソコン。

　後方にふたりがけのソファが置かれている。

　あたしと実紗はそのソファに座り、さっそくネットをつなげた。

　お店というだけあって、さすがにネットの速度は速い。

　あたしは＜彼氏人形＞と打ち込んで検索をかけた。

「すごい……」

　ヒット件数は100万件以上で、あたしと実紗は目を丸くする。

　実はかなり有名なものだったのかと、改めて実感する。

あたしは、ヒットした中から有力そうなサイトをクリックした。

　それは、＜彼氏人形＞とはいったいどのようなものなのかを説明しているサイトだった。

【＜彼氏人形＞とは、自分の理想どおりの彼氏が作れる人形のこと。

　都市伝説。

　その人形が狂暴化し、作った人間を殺していくという怖い噂。

　殺したあと、人形はどこへ行ったのか？

　人形を止める方法はなかったのか？

　そんなものが世の中に出まわって大丈夫なのか？

　これらの疑問が解決されていないため、ただの都市伝説にすぎないと思われる】

　そう書かれていた。

「やっぱり、都市伝説か……」

　あたしは呟く。

「＜彼氏人形＞を実際に購入した人っていないのかな……」

　実紗がそう言う。

　あたしも、できれば噂などではなくもっと有力な情報を入手したい。

　前のページに戻り、次々にサイトを確認していく。

　そのどれもが＜彼氏人形＞は都市伝説であると書いていて、実際に買ってしまった人の話はどこにも載っていなかった。

「……ねぇ陽子。ここまで探して噂しか出てこないってことは……もしかして、＜彼氏人形＞を買った人は全員いなくなってるってこと、ないよね……？」

実紗が恐る恐るそう聞いてくる。

あたしはマウスを動かす手を止めた。

「……わからない……」

ここまで確認してきたサイトでは、【＜彼氏人形＞を買った人間は死ぬ】と、最後に必ず書いてあった。

その文字を見るたびに胸はキュッと締めつけられて、呼吸が苦しくなった。

【どんな性格に設定しても無駄。＜彼氏人形＞は殺人兵器なのだ】

【＜彼氏人形＞は持ち主を殺したあと、販売した人の元へ自動的に戻っていく。そして再び販売されている。というのが、一番妥当な考え方】

【でも、なんのために＜彼氏人形＞は購入者を殺すんだろうね？　もし、もともと殺すようにプログラムされているとしたら、立派な犯罪だし。まぁ、ただの都市伝説だけど】

そんなやりとりを目で追っていくと、どんどん未来が見えなくなっていく。

「どうしよう……実紗……」

「あたしにもわかんないよ……」

実紗が今にも泣き出してしまいそうな声を出す。

少しでも情報が得られればと思ったけれど、これじゃぁ自分たちを精神的に追い込んでいくだけだ。

あたしは次のサイトを見ることができず、パソコンの電源を落とした。

　解決策がどこにも見当たらず、頭を抱える。

「どんな性格に設定しても無駄って、書いてあったね……」

　実紗が呟く。

「うん……。でも、あれは実際の購入者の書き込みじゃないから……」

　そう言ってみても、あたしの言葉に説得力なんてなかった。

　あたし自身、もう＜彼氏人形＞から逃れる術はないんじゃないかと思っている。

「……良子さん、今日ってバイトだっけ？」

　ふと、あたしは良子さんの言っていた噂を思い出した。

　今ネットで見たのと同じような内容だったけれど、良子さんの場合はすごく身近な話だ。

　もし、亡くなった子を知る人物と会うことができたら、何か別の話ができるかもしれない。

「今日は休みだよ」

　実紗が、いつもカバンに入れたままにしているシフト表を確認してそう言った。

「良子さんの家に行って、話を聞いてみよう」

　そう言い、あたしは立ち上がった。

　以前どのあたりに住んでいるのか話したことがあるから、良子さんの家がどの辺にあるのか、だいたいの場所は知っている。

「でも、今日家にいるかどうかわからないよ？」

実紗が不安げな表情であたしを見上げた。

「その時はその時。とにかく行ってみよう」

「……うん。わかった」

　ここで立ち止まっているような時間は、きっとあたしたちには残されていない。

　ダメ元でもいい、とにかくほんの少しでも可能性があるなら、すぐに動く必要がある。

　あたしたちはネットカフェをあとにし、また歩き出したのだった。

4章

良子さんの後輩

　良子さんの家は、バイト先のコンビニから歩いて5分ほどの場所にあった。

　表札に見慣れた苗字を見つけ、あたしと実紗は立ち止まった。

　2階建てで、小さな庭つきの一軒家だ。

「たぶん、ここだね」

「うん……」

　実紗の言葉にあたしは頷き、家の中に人がいるかどうかうかがう。

　家の中からは何も聞こえてこず、誰かがいるかどうかわからなかった。

「チャイム、押すね」

　そう言い、少し緊張しながらチャイムを押すと、しばらくして2階から下りてくる足音が聞こえてきた。

「はい」

　玄関を開けて出てきた良子さんが、あたしには救いの女神様に見えた。

「良子さん！」

「どうしたのふたりとも」

　良子さんが驚いた顔であたしと実紗を見つめる。

　まさかあたしたちがここを訪れるなんて、想像もしていなかったのだろう。

「良子さん、ちょっと聞きたいことがあるんです」

　真剣な表情でそう言うと、良子さんも表情を変えた。

「改まっていったい何？」

「少し長くなりますけど、大丈夫ですか？」

「それならとにかく家に上がりなよ。飲み物くらい出すからさ」

「ありがとうございます」

　すべてを順序立てて話すには時間がかかる。

　あたしと実紗は良子さんの言葉に甘え、家に上がることにした。

　良子さんの自室は２階にあり、派手な外見どおりの派手な部屋だった。

　ベッドのシーツやカーテンはゴールドのヒョウ柄で揃えられていて、出窓にはクロスモチーフの置物がたくさん並べられている。

「適当に座って。はい、ジュース」

「ありがとうございます」

　あたしたちは言われたとおり部屋に適当に座り、出されたグレープジュースをひとくち飲んだ。

　少しも休憩せずにここまで来たため、喉はカラカラになっていたところだ。

「で、あたしに話って何？」

　落ちついたところでそう聞かれ、あたしは姿勢を正した。

「あの……前に＜彼氏人形＞について話をしたのを覚えて

いますか？」

「＜彼氏人形＞？　あぁ。都市伝説の？」

「そうです」

「覚えているけれど、それがどうかしたの？」

　良子さんが首をかしげる。

「実は＜彼氏人形＞って、ただの都市伝説じゃないんです」

「へ？」

　あたしの言葉に、良子さんはキョトンとした表情を浮かべる。

　そして、「何を言ってるの」と、笑いはじめた。

　あたしが冗談を言っていると思っているみたいだ。

「良子さん、冗談じゃないんです」

「えぇ？　冗談でしょう？」

「あれは本当のことなんです！」

　強くそう言うと、良子さんは笑うのをやめて徐々に真剣な表情へと戻っていった。

「まさかふたりとも、本当に＜彼氏人形＞が存在してるって言うつもり？」

「そうです」

「いったい、どういうこと？」

　怪訝そうな表情になる良子さんに、あたしと実紗は丁寧に今までの出来事を話して聞かせた。

　クラスメートの有里から、＜彼氏人形＞のことを初めて聞いたこと。

　言われたとおり商店街の裏へ行ってみると本当に【ドー

ルハウス】があり、あたしたちは人形を買ったこと。

　しかし、お金を払ってすぐダイレクトメールが届くようになり、徐々に不信感をいだきはじめたこと。

　良子さんは時折目を見開いて驚き、実紗の骨折の原因を知った時は青ざめた表情になった。

「これが、その＜彼氏人形＞です」

　最後に実紗がスマホを取り出して、葵君とのツーショット写真を良子さんへ見せた。

「嘘っ！　これが人形!?」

「そうです」

　実紗は頷く。

　良子さんは食い入るようにスマホの写真を見ている。

「正直まだ信じられないけれど、これが本物の＜彼氏人形＞なんだね」

「はい」

　実紗がそう言って頷く。

「それで……あたしに何が聞きたいの？」

「良子さん……。良子さんの後輩に＜彼氏人形＞が原因で亡くなったかもしれない人がいますよね」

「……うん」

「その人の家族、お友達や知り合いの人がいたら、あたしたちに紹介してくれませんか？」

　あたしがそう言うと、良子さんは少し困ったように眉間にシワを寄せて視線を天井へ動かした。

「今までの話を整理すると、ふたりも＜彼氏人形＞に殺さ

れるかもしれないってことだよね？」

「……そうです」

　殺されるかもしれない。

　その言葉に背筋がゾクリと寒くなる。

「わかった。ちょっと待って」

　そう言うと良子さんは立ち上がり、黒い本棚へと手を伸ばした。

　その本棚には乱雑に本が詰め込まれていて、マンガやファッション雑誌がごちゃごちゃに入れられている。

「このへんにあったはずなんだけどなぁ……どこだったかなぁ……」

　良子さんは、ボソボソと呟きながら本棚の中を引っかきまわす。

　そして数分後「あった!!」という声とともに、良子さんがアドレス帳を手に持って戻ってきた。

「これ、あたしの中学校の頃のアドレス帳」

　ホコリをかぶったアドレス帳もヒョウ柄で、中学時代から良子さんは派手だったということをうかがわせた。

「亡くなった１年生にはお姉さんがいてね、あたしと同級生なの。高校は別々のところへ行っているから最近は連絡を取っていないけれど、昔は仲がよかったよ」

　そう言いながら、良子さんはアドレス帳のあるページで手を止めた。

「この子」

　そう言って、あたしたちのそのアドレスを見せてくれる。

アドレス帳の名前には鎌田恭子と書かれていた。

住所はここから10分ほど歩いたあたりになっている。

「良子さん、このアドレス帳って……」

「うん。貸してあげる」

あたしが最後まで言う前に、良子さんはそう言った。

それだけでもありがたいのに、良子さんは先に鎌田恭子さんに連絡を取ってくれると言った。

「あたしも久しぶりに恭子と話したいし、亡くなった妹の話を聞きたいなら連絡しておいたほうが絶対にいいから」

「何から何までありがとうございます」

あたしと実紗は心から良子さんに感謝した。

鎌田依子

　良子さんは、あたしたちの目の前で恭子さんに連絡を取ってくれた。

　電話をしている間、良子さんは懐かしそうにほほえみ、妹さんの話をする時は時々泣きそうな顔になった。

　そのくらい、仲がよかったのだろう。

「恭子が今日なら時間が取れるって言っているけれど、どうする？」

　電話の途中でそう聞かれ、あたしと実紗は目を見かわせた。

　早ければ早いほうがいい。

「これから行かせてもらってもいいですか？」

　そう言うと、良子さんは電話の向こうの恭子さんにそれを伝えてくれた。

　良子さんはしばらくして電話を切ると、あたしたちを見た。

「今から行っても大丈夫だって。あたしはこれから用事があって付き合ってあげられないけれど、ふたりで大丈夫？」

「大丈夫です。本当にありがとうございます」

　あたしと実紗は良子さんに頭を下げた。

「いいのよ、このくらいのこと。あ、あとね、恭子に会ったら伝えてほしいことがあるの」

「なんですか？」

「また、昔みたいに遊ぼうねって」

「……わかりました」

良子さんからの大切な伝言を預かり、あたしたちは家を出たのだった。

　良子さんの家から出ると日は傾きかけていた。
　早く恭子さんに話を聞いて家に戻らないと、蒼太と葵君が怒り出すかもしれない。
「実紗、少し急ごう」
「うん」
　あたしたちは良子さんに借りたアドレス帳を頼りに、早足で恭子さんの家に向かった。
　恭子さんの家はとても大きな一軒家で、その立派な表札からすぐに見つけることができた。
「すごい豪邸だね……」
　実紗が家を見上げてそう呟く。
　いつもの行動範囲から少し離れただけで、閑静な住宅街が広がっている。
　門から玄関までが遠く、昔ながらの瓦屋根の家だ。
「行こう」
　あたしはそう言い、実紗を促して門の中に入った。
　豪邸にドキドキする。
　日本庭園の小道を通り、玄関まで行くとあたしは少し深呼吸をしてチャイムを鳴らした。
　しばらく待っていると、チャイムの上についているマイクから声が聞こえてきた。
「はい」

「すみません。良子さんのバイト仲間の山下と言います」

　緊張しながら名前を言うと、すぐに玄関から人が出てきてくれた。

　その人はスラリと背が高く、色白ですごくキレイな人だ。

「さっき良子が電話で話していた子たちね？」

　そう言われて、この人が恭子さんなのだとわかる。

「そうです」

　そのキレイな容姿に、思わず声が小さくなる。

　自分たちの容姿がこの豪邸に似つかわしくなくて、少しだけ足が重たくなった。

「どうぞ、入って」

　恭子さんに促され、あたしたちはゆっくり家の中へと入っていったのだった。

　恭子さんに通された部屋は、20畳くらいありそうな広い和室だった。

「お茶を淹れてくるから、座って待っていて」

　恭子さんはそう言い、部屋を出る。

　その和室には中央に大きな木製のテーブルがあり、その奥には仏壇が見えた。

　あたしはチラリと、その仏壇に飾られている写真に目をやる。

　実紗も、その写真が気になっている様子だ。

　写真に飾られているのは色白でキレイな女の子。

　恭子さんとよく似ているが、幼さの残る女の子だった。

きっと、あの写真に写っている子が＜彼氏人形＞が原因で死んだという子だ。

「依子のことで話を聞きたいんでしょう？」

　写真に見入っていると恭子さんの声が聞こえて、あたしはハッと振り向いた。

　恭子さんが湯のみにお茶を用意し、持ってきてくれたところだった。

「どうぞ」

「あ、ありがとうございます」

　あたしと実紗はお茶を受け取り、ひとくち飲む。

　お茶の種類や良し悪しなんてわからないけれど、普段家で飲んでいるものよりも数倍おいしい味がした。

「妹さんは依子さんって名前なんですね」

　実紗がもう一度写真へ視線を移して言った。

「そうよ。半年ほど前に亡くなったの」

　恭子さんの言葉になんと返事をしていいかわからなくなって、部屋の中に沈黙が流れた。

　その沈黙を破ったのは、恭子さんの笑顔だった。

「いいよ、聞きたいことは遠慮せずに聞いて？　あたしも、依子が死んだことについては納得ができていないのよ」

　笑顔を浮かべたまま、恭子さんはそう言った。

「あの……亡くなった理由が納得できないんですか？」

「うん。そう」

「それは、どうしてですか？」

　あたしがそう聞くと、恭子さんは表情ひとつ変えず、こ

う言った。

「依子の死体はね、狭い水路に無理やりねじ込まれるような状態で発見されたの。全身傷だらけでね。だけど誰の指紋も検出されなかった」

淡々と話す恭子さん。

あたしのほうが思わず眉間にシワを寄せて、その話に耳をふさぎたくなる。

「事件……だったんですか?」

「誰がどう見ても事件だった。死ぬ少し前からケガをするようになっていたし。だけど、証拠が何もなかったのよ」

恭子さんはそう言い、初めて表情を崩して悔しそうな顔をした。

「警察には知っている限りのことは全部話したし、あたしも依子の友達に話を聞いてまわった。だけど、犯人の手がかりになるような情報は何も得られなかった……」

「……依子さんの死は<彼氏人形>が関係しているという話は聞きましたか?」

思いきってそう聞いてみると、恭子さんは驚いた表情を浮かべた。

「ええ、その話も聞いたことがあるわ。でも<彼氏人形>が現実に存在しているとは考えにくいから、誰かが面白おかしく噂を流しているんだと思って、あたし、すごく腹が立ったのよ」

たしかに、身内である恭子さんからすれば<彼氏人形>に殺されただなんて、タチの悪い噂だ。

殺された妹を噂のネタにされていることに怒るのは、普通だと思う。

「恭子さん、落ちついて聞いてくださいね」

　あたしはもうひとくちお茶を飲んで、緊張で乾いてきた喉を潤した。

「何？」

　恭子さんは座布団の上で姿勢を正す。

「＜彼氏人形＞は実在しています」

　あたしがそう言うと、恭子さんは口をポカンと開けて黙り込んでしまった。

「何を……言っているの？」

　しばらくして、恭子さんはようやくそう言った。

「本当のことなんです。＜彼氏人形＞というのは最初は優しいですが、すぐに残酷な性格を表に出すんです。依子さんが＜彼氏人形＞を購入していたとすれば、妙な亡くなり方をしていても、納得できるんです」

　早口でそう言うあたしに、恭子さんは今まで見せたことがないくらい嫌悪に満ちた表情を浮かべた。

「何を訳のわからないことを言っているの？　人形が人間を殺せるわけがないでしょう!?」

　声を荒げて反論する恭子さん。

　＜彼氏人形＞と依子さんの死を結びつけたくないという、強い気持ちがあるのかもしれない。

「殺せるんです」

　そう言ったのは実紗だった。

実紗は肩から吊るしている腕を恭子さんに見せた。

「あたしは6日前に＜彼氏人形＞を購入しました。その＜彼氏人形＞に、腕を折られたんです」

　恭子さんから目をそらさずキッパリと言いきった実紗。

「……そんな……嘘でしょう？」

「これは本当のことなんです。陽子もあたしと同じ時に＜彼氏人形＞を購入しました。陽子の作った＜彼氏人形＞は優しい性格に設定しているんですが、それでも蹴られたり踏みつけられたりしています」

　恭子さんがあたしを見る。

　あたしは「そうなんです」と、頷いた。

「＜彼氏人形＞は最後には購入者を殺してしまう。どの噂でも、そうなっているみたいなんです」

「恭子さん、お願いです。依子さんが＜彼氏人形＞を購入したかどうか知りたいんです！」

　あたしはそう言うと体を後方へとずらし、畳に額をくっつけるようにして頭を下げた。

　実紗も、それに続いて同じように頭を下げる。

「ちょ、ちょっとやめてよ……」

　恭子さんの慌てる声が聞こえてくる。

　だけど、ここで引き下がるわけにはいかない。

　良子さんを通じてせっかくここまで来たんだ。

　何か少しでもいい、ヒントを得て帰りたい。

「「お願いします!!」」

「わ、わかったから頭を上げて。依子の部屋はそのまま残

してあるから、何か見つかるかもしれないわ」

　恭子さんの言葉に、あたしと実紗は頭を上げた。

「「ありがとうございます!!」」

　そして、あたしたちは依子さんの部屋に入ることを許された
れたのだった。

手紙

　依子さんの部屋は落ちつきのある広い和室だった。

　先ほど通された部屋と同様に真ん中に大きなテーブルがあり、壁際にはパソコンデスクと引き出しのついた棚があるだけの、生活感のない部屋だ。

「掃除をしたようにキレイな部屋でしょ？　でも、生前のまま残してあるのよ」

　恭子さんがそう言いながら部屋の中へと足を踏み入れる。

　あたしと実紗もそれに続いた。

「とてもキレイ好きな人だったんですね」

「そうなのよ。だから探すといってもたいして探す場所もないかもしれないけれど、好きに見てもいいわよ」

「ありがとうございます」

　あたしは恭子さんに一礼し、まずはパソコンデスクへと近づいた。

　真っ白なデスクの上には小さなノートパソコン。

　その隣には木製の引き出しのついている棚。

　パソコンの中にも何かあるかもしれないと思ったが、勝手につつくのはためらわれて、あたしはまず引き出しへ手を伸ばした。

　丸い木の取っ手を引くと中にはレターセットが何枚かあり、カラーペンがそのまま入れられていた。

　依子さんはこのレターセットで誰かに手紙を書いていた

みたいだ。

　かわいらしいマカロンやウサギなどのイラストが描かれたレターセット。

　それを見ると、依子さんは同い年くらいの女の子だったことを改めて実感する。

　レターセットを取り出してその下を調べてみると、真っ白な手紙が３通出てきた。

　シンプルな便箋にぎこちなく【鎌田依子さま】と書かれている。

「恭子さん、これは読んでも大丈夫ですか？」

　その便箋を手に取り、恭子さんを振り返る。

「えぇ……。本当はあまり読まれたくないかもしれないけれど、緊急事態だから仕方ないわ」

「すみません、読ませてもらいます」

　あたしは恭子さんに謝罪を入れてから、封を開けた。

　中には封筒と同じ真っ白な紙が入っている。

　開いてみると男っぽい文字が目に飛び込んできた。

【鎌田依子さま

　お元気ですか？

　僕はこちらへ引っ越してきてからも、元気に過ごしています。

　君からもらった手紙に、勇気づけられました。

　あまり会話もしたことがない僕を、心配してくれてありがとう。

僕がもっと活発で勇気があれば、前の学校でも陰湿なイジメにあうことはなかったんです。

　君が、僕を助けることができなかったと嘆く必要はありません。

　逃げることはダサイと言う人も多いですが、僕は逃げることも人生には必要だと思っています。

　君はどうなんだろう？

　どちらにしても、君は何からも逃げる必要なんてない素晴らしい人生を歩んでください。

　追伸　引っ越し先のアパートの近くには公園があって、今はたくさんの桜が咲いています。

　君の住んでいるところの桜は、もう散りはじめたかな？

　とてもキレイなので、花びらを同封します。

　多田明】

　読み終わって封筒に手紙を戻そうとすると、何かが引っかかってなかなか入らない。

　封筒の中を覗き込むと、そこにはキレイにラミネート加工されてシオリになった桜の花びらが入っていた。

　依子さんは、この多田明という人のことが好きだった。

　直感的にそう感じた。

　そして多田明という男の人も、きっと依子さんが好きだった。

　じゃあ、どうして＜彼氏人形＞なんて作る必要があったんだろう？

そう考えて首をかしげる。

遠距離恋愛ができなかったとか、好きな気持ちを結局伝えることができなかったとか、いろいろと当人同士で理由があったのかもしれない。

考えていてもわからないから、あたしは、ふたつ目の手紙に手を伸ばした。

【鎌田依子さま。

お元気ですか？

って、手紙ではこれを必ず書かなきゃいけないのかな？

手紙の作法はよくわからないから、次からは省くね。

桜の花びら、気に入ってくれたみたいでうれしいです。

お礼の貝殻もありがとう！

大切にします。

最近ではこっちの学校にも慣れはじめて、徐々に日常生活を取り戻しつつあります。

あ、僕の場合は日常がイジメだったから、幸せで平凡な日々、のほうが君に心配かけずに済むかな？

とにかく、元気でやっています。

君が心配しているように、僕には生まれつき右腕がありません。

そのことが原因でイジメがはじまったことも、数えきれないくらいある。

でも、きっとこっちの学校では大丈夫。

君のように優しい子ばっかりなんだ！

いつか僕が君を心配してあげられる日が来るように、頑張るよ。

　追伸　最近髪の毛をバッサリ切りました。

　短髪は好きですか？

　好きだって言ってくれたらうれしいな。

　多田明】

　ふたりの関係はとても順調そうに見える。

　でも、生まれつきハンディを背負っている人をイジメるなんて、手紙を読んだだけでもあたしは腹が立っていた。

　今は実紗が片腕を使えないことでひどく生活しにくい状態だから、余計に感情が入ってしまうみたいだ。

　あたしは３通目に手を伸ばして、ふと首をかしげた。

　依子さんと多田明のやりとりは、これで終わりなんだろうか？

　今までの内容から考えれば、たった３通で終わるというのはどこか奇妙に感じる。

　もっと長期的に手紙のやり取りがあってもいい関係に思える。

　少し疑問に感じつつも、あたしは最後の手紙を取り出した。

【鎌田依子さま

　短髪を好きだと言ってくれてうれしかった。

　早く君にこの髪型を見せてあげたいな。

　プリクラや写真を同封すればいいんだろうけれど、スマ

ホが普及している世の中で文通をしている僕らには、そんなものは必要ないかなって、勝手に思っています。

　またきっと会える。

　そう信じて、あえて写真は同封しません。

　書きたいことはまだまだあるけれど……今日はこのへんでやめておきます。

　追伸　春が終わり、梅雨がはじまりますね。

　ジトジトと１日中空が泣いている梅雨は、僕は苦手です。

　まるで、僕自身が泣いているように思えるから……。

　多田明】

　最後の手紙を読み終わると同時に、あたしは恭子さんを見た。

　３通目になってはじめて、多田明の寂しい心の内が出てきているような気がする。

　そして、ふたりの文通はここで終わっているのだ。

　こんな文面を見た依子さんは、どんな気持ちになっただろう？

　心配して、すぐに返事を書いたんじゃないだろうか？

　返事をしていたとしても、多田明さんからの返事は来なかったことになる。

「この手紙は１年半前の手紙なの」

　うしろから恭子さんにそう言われ、あたしは初めて切手に押された消印に目をやった。

　たしかに今から１年半ほど前の日付になっている。

出された場所はここから遠く離れた県からだ。

「依子さんは返事を書かなかったんですか？」

「いいえ、もちろん書いてたわよ。でもね、返事は来なかったの……」

　恭子さんの声が沈む。

　その表情に嫌な予感が胸をよぎった。

　その理由を聞いてもいいかどうかためらわれて、あたしは視線を泳がせた。

「その手紙を送ったあと、明君は自殺しているの」

「「自殺!?」」

　あたしと実紗の声が静かな部屋の中に響く。

「えぇ。明君は最後まで依子を心配させるようなことは書かなかったけれど、転校先でもイジメられていたみたいなの。中3になってまで障害があることをからかう人はいなかったけれど、別のところから火種が飛んできて、結局障害があることまで笑われるようになったみたい」

　恭子さんはゆっくりと丁寧に話を進める。

　そして、時折悔しそうな表情を浮かべ、昔を思い出すように目を閉じた。

「火種って……？」

「同級生の男子が、校舎裏でタバコを吸っていたんだって。それを偶然見つけた明君が注意したんだけど、相手の子がタチの悪い高校生の仲間だったみたいで目をつけられたのが、イジメのキッカケ」

「そんな……」

あたしは続ける言葉がなくて口を閉じた。

ふと、有里がタバコを吸っていたのを思い出す。

あの時、あたしは自分のことで精一杯で、有里の喫煙を止めることなんて考えもしなかった。

自分には関係ない。

有里は特別仲のいい友達でもないし、注意する必要なんてない。

そう思っていた。

「多田明って人、心の優しい人だったんですね」

あたしが何も言えないかわりに、実紗が言った。

「そうね。……優しすぎちゃったのかもね」

恭子さんはそう言い、寂しそうに笑顔を浮かべた。

「……多田明さんが亡くなって、寂しくなった依子さんが＜彼氏人形＞を買ったという可能性はありませんか？」

気を取り直し、あたしは恭子さんにそう聞いてみた。

恭子さんは眉間にシワを寄せ、腕組みをした。

「そんな話は聞いたことがないわ……。だけど、明君が自殺してから数週間は内に籠ってしまって、家の中でも外でもほとんど口をきかなかったの。それが、2か月くらいたってから急に依子に元気が出はじめて、もう大丈夫なんだなって安心したのを覚えているわ」

恭子さんの言葉にあたしは希望を見出した。

「もしかしたら、その頃＜彼氏人形＞を作ったかもしれないんですね？」

「そうだけど……。でも、人形なんかで友達を失ったショッ

クから立ち直れるとは思えないな……」

「普通はそうですよね。だけど＜彼氏人形＞は、見た目も
性格も自分で設定ができるんです。明さんとそっくりな人
形だって作れるはずです」

「そうなの……」

「もう少し部屋の中を調べさせてもらっていいですか？」

「えぇ、いいわよ」

　依子さんは＜彼氏人形＞を持っていたかもしれない。

　いや、おそらく持っていただろう。

　そう思い、あたしは再び部屋の中を調べはじめたのだった。

日記

　引き出しの下段は大きくて、そこを開けてみると辞書や教科書などが一式入れられていた。

　この部屋には勉強机がないと思っていたけれど、勉強道具は全部ここへ入れられていたみたいだ。

　試しに教科書を1冊手に取り、パラパラとめくってみる。

　途中までマーカーで線が引いてあったり、横のスペースに走り書きをしているのがわかる。

　ところが、途中からは真っ白で新品同様のページが広がっていた。

　あたしは、走り書きがしてある最後のページに視線を落とした。

　これが、依子さんが勉強した最後のページだ。

　これ以降のことを、依子さんは勉強したくてもできなかったんだ。

　そう思うと、教科書を手に持っていることさえ辛くなり、あたしはすぐに引き出しへと戻してしまった。

　引き出しの中にはまだ何か入っているけれど、あたしは視線を上げた。

　やっぱり、パソコンが気になる。

「恭子さん、このパソコンって……」

「依子の使っていたものよ。中を確認してみる？」

「いいんですか？」

「えぇ。あたしはパソコンとか全然わからなくて、使い方を依子から教わったりしていたの。このパソコンも兼用で使わせてもらっていたから、パスワードも知っているわ」

　そう言い、恭子さんはパソコンの電源を入れた。

　パソコンは、すぐに小さな機械音を立てながら動き出す。

　画面が明るくなり、パスワードを入力する画面になった。

　恭子さんが慣れない手つきでキーを打ち込むと、壁紙のグリーンの芝生が現れる。

「依子さんはどんな時にパソコンを使っていたんですか？」

「そうねぇ……。依子はイラストを描くのが好きだったから、そういうことに使っていたと思うけれど、詳しくはわからないわ」

　そう言われ、あたしはもう一度一番下の引き出しを開けてみた。

　イラスト関係の本もあるかもしれないと思い、教科書を手に取る。

　すると、教科書の一番下に敷かれるようにして、ペンタブレットが置かれていることに気がついた。

　パソコンでイラストを描く時に使う道具だ。

「恭子さん、依子さんの部屋はずっとこのままの状態なんですよね？」

　念のために、あたしはもう一度そう聞いた。

「えぇ。手をつけていないわよ。どうして？」

　あたしは、引き出しの奥にあるペンタブレットを指さしてみせた。

「これはイラストを描く時に使う道具なんです。だけど、こんな奥にしまわれているということは、依子さんは亡くなる前にあまりイラストを描かれていなかったのかもしれません」

「あら、そうなの？　そんなの全然気がつかなかった」

　恭子さんは目をパチクリさせる。

　大切な道具を重たい教科書の下に入れておくなんて、普通では考えられない。

　依子さんは、大好きなイラストも描けないような状態だったかもしれない。

　あたしは引き出しを閉めてパソコン画面を見つめる。

　とくに変わったところは見当たらない、ごく普通のパソコンだ。

　トップ画面にはいくつかフォルダが作成されていて、それを確認してみると依子さんのイラストが出てきた。

　かわいらしい女の子や動物のイラストだ。

　カチッとしたイラストではなく、少し崩したようなフワッとした雰囲気のイラストが並んでいる。

「すごく上手ですね」

　そのクオリティの高さに、あたしは思わずそう言った。

「でしょう？　イラストレーターになりたいって口走っていた時期もあるわ」

「それって、亡くなる前には諦めていたってことですか？」

「えぇ。突然、買っていたイラスト関連の本を全部捨ててしまったのよ。それ以降この部屋は閑散としてきたの」

「夢を諦めた理由ってなんですか？」

　あたしは依子さんのイラストを見つめて、そう聞いた。

　イラストのことはよくわからないけれど、見ていて楽しくなる作品ばかりだ。

　中学生や高校生でここまでの作品が描けるなら、諦める必要なんてなかったと思う。

「わからないわ。聞いちゃいけないような気がして、聞けなかったの」

「そうですか……」

　恭子さんの気持ちはよくわかる。

　あたしは、並んでいるフォルダをひとつずつ確認していった。

　フォルダには日付がつけられていて、一番下にあるフォルダが一番新しい日付になっている。

　あたしはそのフォルダを開けて、あ然とした。

「何これ」

　うしろからパソコンを覗き込んでいた実紗が呟く。

　そこに表示されたのは今までのイラストとは違い、残酷なものだった。

　色づけもされておらず、線だけで首つりしている女性の様子や刃物で手首を切断している様子が描かれている。

「これ、依子のイラストなの？」

　恭子さんもこのイラストを見たのは初めてらしく、口元に手を当てて目を見開いている。

「そうです。依子さん、精神的にずいぶんと変化があった

みたいですね」

　イラストは人の心を映す。

　この急激な変化は何かがあった証拠だと、素人のあたし
でも判断できた。

　日付も、ちょうど明さんが亡くなったあとから依子さん
が亡くなる数週間前までの日付になっている。

　白黒の残酷なイラストの中に、時折パステルカラーの昔
と同じようなイラストが混ざっている。

　時折思い出して書いていたのか。

　もしくは、＜彼氏人形＞を作ってすぐのイラストかもし
れない。

　依子さんの心境の移り変わりは、なんとなく掴めた。

　だけどあたしが探しているのは、＜彼氏人形＞についてだ。

　あたしはフォルダを閉じて、ネットにつなげた。

　よく使うサイトは【お気に入り】という場所に保存して
いる可能性が高く、あたしはまずそこを調べた。

　お気に入りの中にはたくさんのイラストレーターのブロ
グやホームページが登録されていて、その中の一番下に【ブ
ログ】とだけ書かれたリンクを見つけた。

　他のリンクにはイラストレーターの名前やペンネームが
一緒に書かれているのに、それだけ書かれていないのだ。

　あたしはすぐにそのサイトを開いた。

　出てきたのは真っ暗な背景に【ＹＲＫブログ】と大きく
白文字で書かれたサイトだった。

「この、ＹＲＫって何？」

実紗が画面を指さして聞いてくる。

「たぶん、依子さんの名前から取ったＹＲＫじゃないかな？」

　そう返事をしながら画面をスクロールさせていく。

　ブログの画面には、さっき見たばかりの白黒イラストが出てきた。

　やっぱり、これは依子さんのブログなんだ。

「ネット上で日記なんて書いていたのね」

　恭子さんは興味津々と画面を見つめている。

「ご両親は、このブログの存在を知っていますか？」

「あたしも知らないくらいだし、知らないと思うわ。うちではパソコンを使うのは依子だけだったの」

　それなら、このブログはまだ誰にもチェックされていない可能性がある。

　ネットで検索をしてもヒットしないように設定していれば、友人たちもこのブログの存在に気がつくことはないかもしれない。

　そう思い、画面に視線を戻した。

　イラストの下にはイラストのタイトルと、どういう意図でこの作品を書いたのかという説明が書かれていた。

【この作品は、あたしの今の気持ちを表現しています。

　今あたしの心の中は白黒で塗りつぶされ、色がありません。

　脳裏に浮かぶのは男性の拳。

　それも、あたしを殴る拳です。

　その拳は何度も何度もあたしを痛めつけ、傷つけ、それ

でも気が済まず最終的には踏みつけます。

　片腕の彼はあたしを見下ろして『こんな姿にしたのはお前だ』と、言うのです。

　……たしかに、あたしは彼の片腕を作りませんでした。

　最初からつけるつもりはなかった。

　腕がない姿こそ、完全な彼の姿だったから。

　だけど、あたしは間違っていたのでしょうか？

　人形に彼を求めることは、やはり普通じゃないのでしょうか……。

　あたしは、今すごく後悔しています。

　戻れることなら、戻りたい。

　そしてまた、カラフルで楽しいイラストが描けるようになりたい……】

　ブログはそこで終わっていた。

「人形って……」

　恭子さん驚いたように目を見開く。

　この文面では、＜彼氏人形＞を購入したとハッキリ書かれてはいない。

　でも、間違いなく依子さんは＜彼氏人形＞を購入していたのだということがわかった。

「＜彼氏人形＞の購入経路や、止める方法は書かれていないのかな」

　あたしはそう呟き、依子さんのブログを最初から丁寧に読んでいく。

このブログは、明さんが亡くなって数日後から書きはじめられたものだった。

　最初のほうは毎日泣いていること、後悔していること、苦しい心情を切々と語っている。

　その言葉はどれも本題には触れず、抽象的な言葉を使ったポエムのようだった。

　しかしある日を境に依子さんの文体はガラリと変化した。

　それは、恭子さんが依子さんの元気が急に戻ったと言っていた時期と、ちょうど同じくらいだった。

【今日、素敵な人に出会いました。

　その女性は沈んでいるあたしに声をかけ、元気をくれました。

　そしてお店に連れていってくれたのです。

　そこにはまるで魔法のような商品がズラリと並び、あたしは一瞬にして舞い上がりました。

　ずっと辛かった。

　ずっと悔しかった。

　そんな気持ちが徐々に晴れていくのがわかりました。

　これから先はずっと一緒にいられる。

　後悔した分、あたしが守ってあげられる。

　そう思うと、自然とカラフルなイラストが描きたくなりました。

　購入手続きを済ませ家に帰ると、あたしはさっそくペンを握りました。

久しぶりの高揚感にドキドキしながら、一気に作品を描き上げました。

まだここで披露できるほど回復はしていませんが、いつかそのイラストも載せられたらいいなと、思っています】

それは、読んでいるだけで依子さんの笑顔が浮かぶようなブログだった。

あたしはすぐにその日付を確認する。

依子さんが亡くなる半年ほど前のブログだった。

この日、依子さんは＜彼氏人形＞を購入した。

それからしばらくブログは明るい内容が続いていた。

いい天気だとか、花が咲いているとか、今まで視界に入っていなかった小さな幸せを見つけられるようになっている。

ところが……。

ブログの変化は1か月ほどで見られた。

【今日、彼に突然殴られた】

という文面から、それはスタートしている。

一緒に出歩いていると周囲の人たちがヒソヒソと話をしていて、それは自分に腕がないからだと、＜彼氏人形＞に言われたのだそうだ。

それでも依子さんは、明さんに見立てたと思われる＜彼氏人形＞と一緒の生活を続けていた。

どうやって家族にバレないようにしていたのかわからないけれど、これだけ大きな家なら十分に＜彼氏人形＞を隠しておくスペースはありそうだ。

１か月、２か月と生活が続くにつれて、依子さんが載せているイラストはまた白黒のものが目立ってきた。

　文面も暗く落ち込むようなものが多くなり、【痛い痛い】と文字を連ねている時もある。

「この時、依子さんは＜彼氏人形＞から暴力を受けていたと思います」

「じゃあ、あのケガは……依子は何を聞いても『転んだ』って言い張るから、信じきっていた……」

　恭子さんが両手で口を多い、目に涙を浮かべる。

　初めて知った事実があまりにも衝撃的すぎたのだろう。

　さっきから指先が小刻みに震えているのがわかった。

「依子さん、それでも＜彼氏人形＞を捨てたりスイッチを切ろうとはしなかったんですね」

　あたしはブログに視線を戻して、そう呟いた。

　暴力に耐える様子はうかがえても、相手を責めるような文章はまだ出てこない。

　亡くなった明さんそっくりに作ったためか、ずいぶんと我慢していたみたいだ。

　さらに読み進めていくと、依子さんは自分が衰弱していく様子を書くようになっていた。

【最近食欲がない。昨日『お前も同じ姿にしてやる』と腕を折られそうになった。

　授業を受けても頭に入ってこない。

　どんどん集中力がなくなっていく】

そしてその数日後のブログでは、ついに＜彼氏人形＞への不満が爆発していた。

【もう限界。もう無理。
　彼が眠っている間にスイッチを切って捨てようと思った。
　でも無理だった。
　情があるからじゃない。
　途中で気がつかれてしまい、用意していたゴミ袋にねじ込まれたのは……あたしのほうだった。
　このままではいつか殺されてしまう。
　どうすれば止めることができるんだろう？】

　その後も有力な情報がないか期待して読み進めるけど、＜彼氏人形＞を止める術を見つけることができたとは、どこにも書かれていなかった。
「……結局、わからなかった……」
　最後まで読み終えたあたしはフッと肩の力を抜いた。
　有力な手がかりが掴めると思っていたけれど、どこで購入したとか、店の人の名前なども書かれていなかった。
　＜彼氏人形＞の噂から考えれば、転々とお店を移動させながら販売しているのは藤井さんだけじゃないはずだ。
　他にももっとたくさんいても不思議じゃない。
　でも、そのわりにはネットで＜彼氏人形＞を購入したという記事を見ないのはおかしい点だ。
　ネットをよく利用する子なら、自分の＜彼氏人形＞の写

真を見せ合ったりしてもおかしくない。

　あたしは首をかしげながら、パソコンの電源を落とした。

「ねぇ、もしかして＜彼氏人形＞についての有力な情報は
すべて消されているってことはないよね？」

　実紗がふと思いついたように言った。

「え？」

「大規模な組織だとしたら、ネット上の情報を管理して消
去している人がいるかも。だから＜彼氏人形＞は都市伝説
として広まって、現実にはありえないと思われているん
じゃないかな？」

　買った人は全員殺され、情報も消される。

　そうなると、残るのは＜彼氏人形＞の話を聞いたことの
ある人だけになる。

　とても現実的じゃない＜彼氏人形＞の話は誰も本気には
しないから、都市伝説になってしまう。

「そうかも……」

　頭の中で整理ができて、あたしは頷いた。

「でも、組織ぐるみでそんなことをしてどうなるの？」

　恭子さんがそう聞いてきた。

「あたしたちが＜彼氏人形＞を買った時は、個人情報が売
買されていました。それに格安で手に入る＜彼氏人形＞は
おそらくすべてが欠陥品で、それを知った上で販売してい
るはずです。悪い情報は消して、何も知らない相手からお
金を奪っているんじゃないかと思います」

　＜彼氏人形＞の裏には犯罪グループが絡んでいる。

そのグループごと消滅させることは、あたしたちの力で
はとても無理だろう。

でも、自分と実紗の命だけは守りたい。

あたしはパソコンが真っ暗になったのを確認すると、実
紗と一緒に部屋を出た。

ここへ来てからずいぶん時間がたってしまったから、そ
ろそろ戻らないといけない。

「今日は無理を言ってごめんなさい」

玄関まで送ってくれた恭子さんに、あたしと実紗は頭を
下げる。

「いいえ、いいのよ。依子が亡くなった理由がなんとなく
わかって、あたしもあなたたちに感謝しているわ」

少し目を赤くさせて、笑顔を浮かべる恭子さん。

「それから、依子の部屋で何か気になるものが見つかったら
すぐに連絡を入れるから、番号を教えてくれないかな？」

恭子さんにそう言われ、あたしたち３人は電話番号を交
換した。

「恭子さん、本当にありがとうございます」

辛いことを思い出させてしまって少し心苦しくて、あた
しはまた頭を下げた。

「気にしないで。ふたりのほうがずっと大変なんだし」

「……はい」

恭子さんの笑顔を見送られ、あたしたちは帰路へついた
のだった。

担任教師

　翌日の昼休み、あたしと実紗は屋上へと上がってきていた。
「昨日考えてみたんだけどね」
　昼ごはんのパンをひとくち食べながら、実紗が言った。
「何？」
「＜彼氏人形＞ってスイッチも大切だけど、最初に入れていたメモリーカードも大切なんじゃないかな？」
　そう言われ、あたしは購入する時に藤井さんがカウンターから取り出した黒い小さなメモリーカードを思い出した。
　あれには＜彼氏人形＞の性格や、彼女であるあたしの情報が入っている。
「メモリーカードを抜くことができれば、リセットされないかな？」
「そうだよね、記憶がなくなるってことだもんね」
　本体の動きを止められなくても、記憶を消してしまえば動かなくなるかもしれない。
　でも……。
　問題はメモリーカードがどこに差し込まれているかだ。
　あたしたちは性格の設定を注文しただけで、あとの処理はわからない。
「帰って蒼太を確認してみなきゃいけないね……」
　そう呟いてみたけど、それが本当にできるかどうかはわからない。

下手に動けば身の危険が生じることだ。

「無理はしないでね？　あたし、葵にはそんなこととても
できなくて……」

　考えが浮かんだのはいいけれど、協力できないことに実
紗が落ち込む。

「実紗はまずケガを治さなきゃダメだよ。それに葵君は蒼
太よりもずっと狂暴だから、無茶したらダメ」

「……うん」

　実紗は小さく頷く。

「陽子、本当にごめん……」

「謝らないでよ。実紗のせいじゃないんだから」

「だけど……」

　実紗は途中で言葉を切り、うつむいた。

　もともと＜彼氏人形＞に興味を抱いていたのは実紗のほ
うだから、罪悪感を覚えているのだろう。

「今日は久しぶりのバイトだし、頑張るよ」

　気を取り直すように、あたしは言った。

「そうだ。できるだけのことをすればいいから出勤してほ
しいって、店長に言われていたんだった」

「そうなの？」

「うん。ずっと家にいるのも嫌だから、昨日電話してみた
の。そしたら『じゃあ今日は出勤してみる？』って言って
くれたから」

「そうだったんだ」

「あ、でも、あたしは腕がこんなだから、陽子には迷惑か

けちゃうよ？」

　実紗がまた申し訳なさそうな表情を浮かべる。

「何を言ってるの。実紗と一緒に働くのはすごく楽しいから、それだけで十分！」

　あたしはそう言い、ほほえんだ。

「ありがとう」

　実紗もそう言ってほほえんだ時、階段へと続く灰色のドアがギィッと音を立てて開いた。

　視線をやると、そこには担任教師が立っていた。

「お、ふたりともこんなところで昼飯か」

　若くてカッコいいことで評判の先生だ。

「先生、何してるんですか？」

「俺？　俺は女子生徒たちから逃げてきた」

　そう言い、ニヤッと笑って見せる先生。

「女子生徒から？」

「そう。俺、今日誕生日なんだ」

　そう言われ、あたしと実紗は「『あっ!!』」と、声を上げた。

　そういえば、今朝から女子生徒たちがそんなことを話していた気がする。

　あたしと実紗は先生のことを気にかける余裕なんてなくて、すっかり忘れていた。

「おめでとうございます」

　実紗が取ってつけたようにそう言うと、先生が白い歯を覗かせておかしそうに笑った。

「先生、生徒から絶大な人気がありますけど、彼女はいる

んですか？」

　あたしはお弁当のおかずを口に運びながら、そう聞いた。
「俺？　いないよ」
「どうして作らないんですか？」

　続けてそう質問すると、先生は少し笑って「お前たちくらいの年齢の時は異性のことが気になって、恋人が欲しくて仕方がなかったけどな」と、言った。
「今は違うんですか？」

　実紗が聞く。
「そうだな。いつかまた彼女が欲しくなるかもしれないけれど、今は教師っていう職業が俺にとって一番大切だから考えられないかな」
「そうなんですか……。もし、あたしにもそういう夢とかができていれば、少しは状況が変わっていたのかな」

　実紗が呟くようにそう言った。
「どうした？　戸田は恋の悩みでも抱えているのか？」

　先生が茶化すように実紗に聞く。
「まぁねぇ？　恋する年齢ですから」

　実紗はそう言い、笑顔を浮かべた。

　先生もハハッと爽やかな笑顔を浮かべる。
「まぁ、悩める時は十分に悩め。悩んで悩んでそれでも解決できなければ、相談に乗るからな」

　そう言って、先生は女子生徒たちの足音が遠ざかったことを確認して、屋上から出ていったのだった。

そして放課後。

あたしたちは久しぶりに、ふたりでバイト先に出てきていた。

だけど、まだ包帯で痛々しい実紗を見たバイト仲間が良子さんに連絡し、良子さんが急きょ仕事を手伝ってくれることになった。

「良子さん、迷惑ばかりかけてごめんなさい」

15分ほどで駆けつけてきてくれた良子さんに、実紗が深々と頭を下げる。

「いいっていいって、そんなところで遠慮してどうするの」

すべてを知っている良子さんはそう言い、実紗の頭をポンッと撫でた。

「で、恭子には会えたの？」

「はい、会えました」

「何かわかった？」

そう聞かれて、実紗はうつむき首を左右に振る。

「そっか……」

「でも、〈彼氏人形〉を売っている組織はすごく大きくて、ネット上に流れている噂を管理している可能性があることがわかりました」

実紗に代わって、あたしは早口に説明した。

たくさん手助けをしてくれた良子さんに、何も掴めませんでしたとは、言いたくなかった。

昨日の出来事を説明すると、良子さんは「そっか」とだけ言って頷いた。

その表情は少しだけ歪み、依子さんのことを思い出しているように見えた。

学校が終わってもすぐに帰らなくてもいいバイト時間は、とっても楽しかった。

お客さんがいない時はあたしと実紗と良子さんの３人で話をして、グンと距離が縮まったように感じる。

だけど、そんな楽しい時間ほどあっという間にすぎていくものだ。

時間がすぎればすぎるほど、気持ちは沈んでいく。

あたしは時間が止まってしまえばいいのにと、ジッと時計の針を睨みつけていたのだった。

実紗の決意

　いくら時計を睨みつけていたって、時間は刻一刻とすぎていく。

　そして、容赦なくバイト終了時刻を告げた。

「終わっちゃったね」

　実紗もあたしと同じ気持ちだったのか、スタッフルームに戻ると肩を落とした。

「そうだね……」

　あたしは制服を脱ぐのをためらい、そう答えた。

　家に帰ると蒼太が待っている。

　またあたしは蒼太に気をつかい、言葉を選びながら過ごさないといけなくなる。

　それはひどく気が重いことだった。

「先生みたいな人なら、よかったのにね」

　不意に、実紗がそんなことを言い出した。

　昼間の出来事を思い出しているのか、頬はほんのりとピンク色に染まっていた。

　実紗は先生のファンではなかったけれど、今日の一件で少し心に変化が生まれたのかもしれない。

「先生みたいな人はライバルが多すぎてちょっとね」

　あたしは冗談でそう言い、ヒョイッと肩をすくめてみせた。

「あはは。生徒から逃げていたもんね」

　実紗が今日のことを思い出し、笑顔を見せる。

だけど結局、あのあと女子生徒たちに捕まって、両手じゃ抱えきれないくらいのプレゼントをもらっていたらしい。
「先生っていいなぁ……」
　着替えを終えてコンビニの外へ出ながら実紗がポツリと呟いた瞬間、実紗の腕が強引に引っ張られ、そのまま引きずられていくのが見えた。
　ハッとしてあたしはそのあとを追う。
「実紗!?」
　慌てて外へ駆け出ると、実紗の腕を引きずっていく葵君の姿が見えた。
　どうしてここへ!?
　実紗が葵君に迎えを頼むとは思えない。
　きっと、葵君がまた勝手な判断でここまで来たのだろう。
「葵君やめて！　実紗はケガをしているのよ!!」
　あたしは慌ててふたりに駆け寄り、葵君の腕を掴んだ。
「うるさい！　実紗は俺の女だ!!　俺がどうしようが、勝手だろう!?」
　葵君はそう怒鳴り散らし、あたしを睨みつけてくる。
「ダメよ！　実紗は誰の物でもないの！　実紗が嫌だって言うならやめてあげなきゃ!!」
　必死でそう言うと、葵君が足を止めた。
　そして実紗を見下ろす。
　その冷たい表情に、あたしは思わず身震いをした。
「実紗、お前は俺のことが嫌なのか？」
「それは……」

実紗が青白い顔をしてうつむく。
「ちょっと、そんな言い方をしたら、実紗も話ができないでしょ!?」
　今までずっとこんなふうに、威圧的な態度をとられていたのかもしれない。
　実紗は条件反射のように身を縮めていた。
　これでは、言いたいことだって言えなくなるに決まっている。
「俺と実紗の関係に口出しをするな!!」
　葵君はあたしに向かってそう怒鳴り、片手であたしの体を突き飛ばした。
　あたしの体はその衝撃で後方へ突き飛ばされて、駐車場に体を打ちつける。
　この前よりもずっと強い力だ。
　あたしは痛みに顔を歪め、葵君を睨んだ。
「葵!!　なんてことするのよ!!」
　片腕を掴まれたまま、実紗が悲鳴に似た声を上げる。
「俺たちの邪魔をするからだ。ほら、帰るぞ。実紗」
　葵君は実紗の体を引きずっていく。
　実紗は体勢を低く保ち引きずられまいと踏ん張るが、葵君の力には敵わない。
「葵やめて!!」
「どうしたんだ実紗、今日はやけに聞きわけが悪いぞ」
「葵があたしの友達に手を出すからでしょう!?」
「実紗は俺より友達のほうが大切なのか!?」

　　　　　　　　　　　　　　　　　　　　　　　4章 ≫ 221

　葵君が足を止め、実紗を見下ろす。

　実紗は青白い顔をして葵君を見上げた。

「実紗、もういいから」

　あたしは痛む体を起こして実紗を止めた。

　これ以上何か言えば、実紗の身が危険だ。

　しかし、実紗は言葉を止めなかった。

「あたしにとっては陽子のほうが大切だよ」

　静かに、だけどしっかりとした口調でそう言ったのだ。

　葵君の表情がみるみる険しくなり、怒りに震えているの
がわかった。

「なんだと……？」

「実紗、もうやめようよ。葵君に謝って……」

　恐怖で声が震えた。

　実紗の肩に伸ばす自分の手も震えていた。

「何度でも言うよ。あたしにとって葵より陽子が大切‼」

　葵君が、実紗を掴んでいる手にさらに力を込めるのがわ
かった。

　でも、実紗は表情を変えない。

「実紗、お前の気持ちはよくわかった。さっき言っていた
先生についても、家に帰ってからじっくり話をしよう」

　そう言い、葵君は歩き出す。

「待って……‼」

　あたしは、ふたりに慌ててついていく。

　この状態でふたりきりになんてさせられない。

　何が起こるかわからない。

でも……あたしを実紗が止めた。

「大丈夫だよ、陽子」

「でも……!!」

「あたし、人形相手にビクビクして生きていくのはもう嫌なんだ。やるだけのことをやってみたい」

「実紗……?」

　あたしは実紗の言葉に混乱する。

　実紗はいったい何を考えているんだろう?

　自らを危険にさらしてまで、何をするつもりなんだろう?

「陽子、あたし必ず＜彼氏人形＞を止める術を探すから!」

　実紗はそう言い、あたしに笑顔を向けて手を振ったのだった。

狂暴化

　家に帰って蒼太の機嫌を取りながらも、あたしの心は実紗へと向かっていた。

　スマホを何度も開いて、実紗から連絡が来ていないか確認する。

　時間的に実紗はもう家についているはずだ。

　葵君は家に帰ってから話をしようと言っていた。

　今、実紗は一番怯えているところなんじゃないか。

　そう思うと、とてもじゃないけれど蒼太のインプットされた思い出話を聞く気になんてなれなかった。

　そして、手に持っていたスマホを再び開いた、その瞬間。

　頰に鋭い痛みが走り、あたしの体は壁まで突き飛ばされていた。

　何が起きたのか一瞬理解できなくて、瞬きを繰り返す。

　手に持っていたスマホは床に投げ出され、口の中に血の味と違和感が広がった。

　ペッとその場に唾を吐いてみると、血に混じって折れた歯が1本出てきた。

「俺の話を真面目に聞いてよ、陽子」

　蒼太がユラリと体を揺らしてあたしの前に立つ。

　その表情は冷たく、あたしを見下ろしている。

　しまった……。

　実紗のことばかり気にしていたせいで、蒼太を怒らせて

しまったのだ。

「ご、ごめんね蒼太。ちょっと今日は疲れていて……」

「疲れていたら俺の話を聞けないってこと？」

「それは……」

　あたしは口を閉じた。

　肯定しても否定しても、きっと蒼太は許してくれない。

　口の中の鉄のような味が気持ち悪かったけど、徐々に距離を縮めてくる蒼太にあたしの味覚はなくなった。

「ねぇ陽子。俺は昼間ひとりぼっちなんだ。陽子が帰ってきたらいろいろ話がしたい。その気持ちを理解してくれる？」

「う……うん……ごめんね、蒼太」

「陽子、謝るだけじゃわかんないよ？」

　そう言い、蒼太はあたしの髪をわし掴みにした。

　痛みに顔を歪める。

　そしてもう一方の手で、蒼太はあたしの右耳を引っ張ったのだ。

　引きちぎれてしまいそうなほど引っ張られ、熱と痛みが体中を駆け抜ける。

「い……痛いよ蒼太!!」

「この耳が、俺だけのものになればいいのに」

「離して!!」

　叫んでも蒼太は離してくれない。

　あたしがもがけばもがくほど、蒼太は満足そうな笑顔を浮かべて力を込める。

　耳の奥でキーンという音が鳴り響き、自分の声さえ聞こ

えなくなる。

　やがてビリビリと皮膚が裂かれていく痛みを感じ、知らない間に動物の鳴き声のような悲鳴を上げた。

　次の瞬間あたしは気を失い、真っ暗な世界へと引き込まれてしまったのだった……。

　次に目が覚めた時、あたしは自分のベッドの上にいた。

　ひどく頭が痛くて、いったい何が起こったのか理解できない。

　天井を見たまま呆然としていると、ベッドの横から聞き慣れた声が聞こえてきた。

「陽子、目が覚めた？」

　そんな蒼太の声に一瞬ビクッと体を震わせる。

　反射的に恐怖が体を駆け巡り、自分を守ろうとしている。

「……蒼太……」

　あたしは蒼太の顔を見て、さっき起きた出来事を鮮明に思い出していた。

　ひどく耳を引っ張られ、焼けるような痛みが走り、そしてプッツリと記憶は途切れている。

　あたしは恐る恐る自分の右耳に触れてみた。

　何か堅い感触がすると同時に、痛みが走る。

　あたしは慌てて起き出して姿見の前に立った。

　鏡で自分の顔を確認すると、右耳は何重にも絆創膏が貼られていた。

「これ……蒼太が？」

「あぁ。とりあえず応急処置をしておいたよ」

　そう言う蒼太はまったく悪びれておらず、優しい笑顔を浮かべている。

　自分のことを、応急処置をした優しい彼氏とでも思っているようだ。

　あたしはその笑顔に気味悪さを感じた。

　そして、もう一度鏡を向く。

　いったい、あたしの右耳はどんな状態になってしまっているんだろう？

　不安と恐怖で涙が出そうになる。

　あたしが蒼太に殴り飛ばされた場所には、口から吐き出した血とかけた歯。

　それに、点々とベッドまで続く血の跡が残っていた。

　蒼太がベッドまであたしを運んだ時に、口や耳の傷から落ちたものだろう。

「蒼太……あたしの耳はいったいどうなったの……？」

　震える声で、そう聞いた。

「何を怯えているの？　大丈夫だよ、引きちぎったりしてないから」

　蒼太がそう言い、おかしそうに笑う。

　どうしてこんな状態で笑えるんだろう。

　こんな状態でも、蒼太からすればただの冗談として済むことなのだろうか。

　あたしはスマホで時間を確認した。

　窓の外は真っ暗で、時計は夜中の３時を指していた。

どのくらいの時間、気絶していたんだろう？

あたしは不安になり、ベッドに視線をやる。

ベッドの上の白い枕は血で赤く染まり、それはもう完全に乾ききっていた。

ちゃんと病院へ行ってみてもらわなきゃ。

そんな思いがよぎる。

でも……。

病院に行って、なんと説明をすればいいんだろう？

耳をちぎられそうになったなんて言えば、大事件に発展するかもしれない。

「あ……」

そこであたしはハッとした。

そうだ、大事件にしてしまえばいいんじゃないだろうか？

世間に＜彼氏人形＞のことを暴露すれば、大きな組織ごと消滅させることができるかもしれない。

真っ暗な闇の中に浮かんだ、ひとつの希望。

あたしは自然と笑顔を浮かべていた。

「どうしたの陽子、機嫌がいいみたいだね？」

蒼太が不思議そうにあたしを見てくる。

「そう？」

あたしは首をかしげてそう答えたのだった。

翌日、両親に顔を見られないよう家を出たあたしは、保険証を持って近くの総合病院に来ていた。

待合室には大勢の患者さんがひしめき合い、予約を入れ

ていないあたしは長時間待たされる覚悟で来ていた。

　両親に＜彼氏人形＞について話すのはためらわれるけれど、赤の他人ならそれも話せる。

　病院を介して、世間に＜彼氏人形＞の存在を知ってもらえればいい。

　そうなれば、家族に話すこともすんなりとできそうな気がしていた。

　そう考えながら、順番を待つ。

　その時だった。

　バッグの中でスマホが震えはじめた。

　マナーモードに設定していたあたしはいったんイスから立ち上がり、電話を使っていい区間まで移動する。

　そしてスマホを確認すると、実紗からのメールが１件届いていた。

　実紗……。

　嫌な予感が胸をよぎる。

　すぐにメールを確認してみると、予想していない言葉が書かれていた。

【陽子、今から○×公園まで出て来られる？】

「○×公園……？」

　その公園は、実紗の家とあたしの家のちょうど中間あたりに位置する。

　今こんなメールを送ってくるということは、実紗も今日は学校へ行っていないのだろうか？

　時間は10時をまわっている。

学校はとっくにはじまっている時間だ。

あたしは待合室へ視線を送る。

あと何時間待たされるかわからない。

少し悩んだ末、あたしは実紗にメールを返した。

【わかった。今すぐ行く】

そして、あたしは病院を出たのだった。

壊すから

　実紗からメールをもらって、あたしはすぐに病院を出た。

　動くと右耳がズキズキと痛み、熱を持っているのがわかった。

　家で消毒くらいしてくればよかったかもしれない。

　でも、あたしはこの絆創膏を取るのが怖かった。

　そこに狂暴化した蒼太にやられたことがリアルに残っているのだというのが、恐ろしかった。

　自転車を走らせて公園へと急ぐ。

　出勤時間や登校時間が終わった歩道は人が少なく、あたしは全力で自転車をこぎ進めた。

　紅葉して散っていく落ち葉を蹴散らし、ゴウゴウと唸る風を聞きながら、自転車を走らせる。

　そして……。

「実紗!!」

　公園につくと同時にあたしは自転車を投げ出し、走り出した。

　平日の公園は他に誰の姿もなく、秋の寒々しさを感じる。

「陽子……」

　葵君と向かい合って立っている実紗を見つけて、あたしは駆け寄った。

　その雰囲気は普通ではなく、ふたりの間だけ黒いモヤがかかっているように見えた。

「何をしているの？」

　あたしはその雰囲気を明るく変えるために、笑顔でそう聞いた。

　だけど、聞いた瞬間、気がついてしまった。

　実紗の頬に大きなアザができていることに。

　そのアザは素手で殴ってできるようなアザではなく、ロープやムチなど細い道具で叩かれたように見えた。

「陽子、その頬と耳、どうしたの？」

　あたしがあ然として実紗を見ていると、先に陽子があたしの異変を指摘してきた。

「これ？　大丈夫だよ、たいしたことないし」

　あたしはそっと自分の頬に触れた。

　耳ばかり気にしていたけれど、歯が欠けるほど殴られた頬も当然腫れ上がっている。

「何がたいしたことないのよ……！」

　実紗が表情を歪め、今にも泣き出しそうになる。

「実紗？」

「あたしは……もう限界なのよ！！」

　両手で顔を覆い、叫ぶ実紗。

　葵君はそんな実紗を冷たい表情で見下ろしている。

　あたしは実紗の肩を抱いて「実紗、落ちついて」と、なだめようとする。

　しかし、実紗はあたしの言葉も耳に入ってこない様子で、ボロボロと大粒の涙を流しはじめた。

「ねぇ、実紗。あたしの話を聞いて？」

「もう嫌！　もう限界なの！　ねぇ陽子、手伝ってよ。そのためにここへ呼んだの」

「え……？」

　実紗は視線を葵君に向ける。

「あたしは……葵を壊す」

　低く唸るような声でそう言い、砂場に落ちていたレンガをひとつ手に取る実紗。

「実紗……本気なの？」

「うん。本気だよ」

　＜彼氏人形＞を壊すこと。

　それはあたしだって少しは考えていたことだ。

　でも、人間離れしたパワーを持っている＜彼氏人形＞に立ち向かうなんて、無謀な行為だ。

　そんなこと、実紗だってすでに理解していることだろう。

　それでも、実紗はやるつもりだ。

　レンガを掴んだ実紗を見て葵君が「それ、どうするつもりだよ」と、低い声で言った。

　そして、実紗を攻撃する態勢に入っている。

「実紗お願い、それはやめて」

「どうして？　なんであたしがやめる必要があるの？」

「だって……勝ち目なんてないじゃん!!」

「じゃぁ、どうしろっていうの？　一生葵の奴隷みたいに生きていけって言うの!?」

「それは違うけど……!!」

　あたしの言葉を遮るように、強い風が吹いた。

ゴォーッと音を立てて吹き抜けていく風。

あたしと実紗は風が巻き上げた砂ぼこりに目を閉じた。

そして再び目を開けた時……葵君が実紗の目の前にいた。

実紗は目を見開き、持っていたレンガを振り上げる。

でも、葵君はそのレンガを簡単に取り上げて……。

「やめてぇぇぇぇ!!!」

あたしの悲鳴を、強い風がかき消していく。

次の瞬間、グシャッという肉の潰れる音が聞こえ、実紗のかわいい顔が消えてなくなっていた。

顔のなくなった実紗が横倒しになると、葵君が血まみれになったレンガを、実紗の隣に放り投げた。

「嘘……でしょう……?」

あたしは、ただの肉の塊となった実紗の隣にゆっくりとひざまずいた。

「実紗……実紗……お願い。目を開けてよ……」

震える手で、転げ落ちてしまった実紗の目を拾い上げ、もともとあった場所に戻そうとする。

だけど、何度頑張ってみても実紗の目は元の位置には収まらず、すぐに転げ落ちて砂だらけになってしまった。

「実紗……実紗!!」

自分の手が実紗の血で汚れ、いつの間にか葵君が公園からいなくなっていても、あたしはずっとその場から離れなかったのだった……。

5章

葬儀

　息をしているのかどうかもわからない。

　自分が生きているのか死んでいるのかさえ、わからない。

　そんな時間があっという間にすぎ去っていき、気がつけばあたしは制服姿で実紗の遺影を見つめていた。

　実紗が目の前で殺されて3日がすぎていた。

　あたしはその3日間の間に何があったのか、懸命に思い出そうとした。

　だけど、記憶をたどればたどるほど、頭の中は真っ白になり、何も思い出せなくなる。

　時々実紗の死に顔が目の前に幻覚として現れ、あたしは悲鳴を上げてうずくまることもあった。

「陽子ちゃん、辛いと思うけれど元気を出してね」

　目を真っ赤に腫らした実紗のお母さんが、あたしの手を強く握ってそう言った。

　あたしは虚ろな瞳で実紗のお母さんを見る。

　しばらく会っていなかったけれど、ずいぶんと白髪が増えて老け込んだ気がする。

　実紗が死んだから、余計に老けてしまったのかもしれない。

　けれど、そんな母親を見てもあたしの心は痛まなかった。

　感情などどこかに置き忘れてきてしまったかのように、何も感じないまま実紗の遺影に手を合わせる。

　あたしにとって、実紗のお葬式はただ義務的なものでし

かなかった。

いまだに頭の中は真っ白で、何かを深く考えることができない。

食事や睡眠もほとんど取らず、お風呂へ入ることや部屋をキレイに保つことも、今のあたしには困難なことだった。

あたしは実紗の両親にお辞儀をして、自分の座っていた場所へと戻る。

その最中、どこからかヒソヒソと話し声が聞こえてきた。

「ほら、あの子だよ」

「……あぁ。実紗ちゃんが亡くなった時に一緒にいたっていう？」

「そうそう。警察の事情聴取でわけのわからないことをうわごとのように繰り返してたっていう子」

それがあたしのことだと気がつくのに、かなりの時間がかかった。

警察に行ったことも、＜彼氏人形＞についてすべてを話したことも、あたしの記憶からはすっかり抜け落ちてしまっていたため、イスに座ってしばらくたってから、あぁ、そうだっけ……と、記憶が鮮明に思い出されていった。

実紗がレンガで殴られて亡くなったあと、あたしは自分の足で近くの警察署へ向かったのだ。

実紗の遺体に触れ、血まみれになっているあたしを見て警察署の人はみんな目を丸くしていた。

そしてあたしは実紗が殺された公園へ警察官を連れていき、目の前で起きた出来事をすべて話したのだ。

あたしと実紗が買った＜彼氏人形＞のこと。

【ドールハウス】のこと。

＜彼氏人形＞が不良品であること。

すべてを包み隠さずに説明した。

でも……。

それを信じてくれる人は、誰ひとりとしていなかった。

都市伝説として＜彼氏人形＞を知っている人はいたけれど、それが現実に存在している話だとは思ってくれなかった。

それでも、あたしは引き下がらなかった。

警察署に何時間拘束されていても平気だった。

それで信じてもらえるのであれば、何度でも同じことを説明した。

だけど、何時間説明をしても信じてくれる警察官は現れなかった。

ついにはあたしの精神状態が錯乱し、実紗に手を出したのではないかと疑われはじめていた。

信じないのなら、自分の＜彼氏人形＞を見せればいい。

そう考え、どうにか説得して自宅に警察官をひとり連れてきたのだ。

両親は学校に呼び出されていていなかったけど、蒼太を見れば絶対に理解してもらえる。

そう、信じていた……。

でも……。

あたしはあの時のことを思い出して、自然と涙が浮かんできていた。

無表情のまま、まるで壊れた機械のようにボロボロと涙だけがこぼれていく。

蒼太は他人の前では完璧だった。

いつも以上に人間らしく振る舞い、＜彼氏人形＞の話題になると「陽子は昔から噂話をそのまま信じ込んでしまうところがあるんです」と、何食わぬ顔で言ったのだ。

あたしはその言葉を聞いた時、あ然として言葉も出なかった。

警察官はまんまと蒼太の言葉を信じ込み、あたしが勘違いをしていると思われてしまったのだ。

そして、実紗を攻撃したのは＜彼氏人形＞ではなく、実紗の本当の彼氏だということで断定されてしまった。

実紗に彼氏はいないし、いるのは＜彼氏人形＞だけだ。

あたしは必死になって何度も何度もそう訴えた。

でも、警察官は蒼太のほうを完全に信じ込んでいるため、あたしの話などロクに聞いてもらえなかった。

「君には後日また署に出向いてもらう。戸田実紗さんに彼氏がいたかどうかも、こちらがちゃんと調べるから、今日はもう休みなさい」

そう言い、憐れみの表情を浮かべる警察官。

ならばと思い、あたしは蒼太が＜彼氏人形＞である決定的な証拠を見せようと思った。

そう、足首にあるスイッチだ。

あのスイッチを見れば、嫌でも＜彼氏人形＞の存在を信じるしかないと思った。

警察官が家から帰ってしまう寸前、あたしは蒼太のズボンの裾をまくり上げた。

　警察官が何をしているのかという顔で、あたしを見る。

「これを見てください!!」

　必死になってそう言い蒼太の靴下へ右手をかけた時……。

　蒼太があたしの腕を掴んで、それを止めたのだ。

「なんでもありません。くだらないことに時間をかけてすみません。陽子にはよく言って聞かせますから」

　蒼太は困ったような笑顔を浮かべてそう言い、警察官を帰してしまったのだ。

　あたしは蒼太に腕を掴まれたまま、ドアが閉じられる冷たい音を聞いていた。

　そしてジリジリと冷や汗が伝って流れていく。

「そう……た……」

　かすれた声しか出なかった。

　意識が薄れて、悲鳴なんて上げられなかった。

　警察官を引き止めることなんて、できなかった。

「陽子は悪い子だね」

　蒼太が鬼のような顔をしてあたしを睨みつけ、今まで掴んでいた手をスッと離した。

　あたしの腕は外へ向けて折れ曲がり、手首と肘の間の骨が皮膚の下でボコッと突き出しているのがわかった。

「そのまま、少し反省するといいよ」

　痛みで意識が遠のいていく中、蒼太のそんな声が聞こえてきていた。

実紗の葬儀が終わり、あたしは会場の外へ移動した。

冬の訪れを感じさせる、冷たい風が頬を撫でる。

以前の実紗と同じように肩から右腕を吊るした状態で、遺族の人たちが火葬場へと向かうのを見送る。

……終わってしまった……。

実紗の人生が、こんなにも早く終わってしまうなんて思ってもいなかった。

呆然と立ち尽くしたまま、あたしはひとりその場から動けずにいた。

「次は……あたしが殺される……」

ポツリとそう呟く。

葵君と蒼太は性格の違いがあったから、時間に差ができただけだ。

＜彼氏人形＞を購入した人間は、必ず殺されてしまう。

逃げ道は……どこにもない……。

絶望感にすべての力を失いかけた時、ふいにうしろから声をかけられた。

「陽子ちゃん？」

聞き覚えのある女性の声に、ハッとして振り返る。

そこに立っていたのは恭子さんだった。

「恭子さん……どうしてここに？」

あたしは驚いて目を見開く。

「良子から、実紗ちゃんの話を聞いて、ね……」

そう言うと、恭子さんのうしろから良子さんが姿を現した。

今までショックで何も考えられなかったため、ふたりが

来ていたことにも気がつかなかった。

　あたしは事情を知っているふたりの顔を見た途端、へなへなとしゃがみ込んでしまった。

「陽子ちゃん、大丈夫？」

　恭子さんが慌ててしゃがみ込み、心配してくれる。

「大丈夫です……。ちょっと気が抜けちゃって……」

「大変だったね。その腕、もしかして＜彼氏人形＞にやられたんでしょう？」

　良子さんがあたしのケガに気がついて、そう聞いてきた。

　あたしは「そうです……」と、頷く。

「……このままじゃ本気でヤバイね。都市伝説は本物だったんだ」

「依子のこともあるし、真相を突き止めて人形を止めなきゃ」

　ふたりが真剣な表情でそう言う。

　諦めかけていた時の希望の光。

　あたしは泣きそうになるのをなんとか押しとどめて、ふたりに心から感謝したのだった。

名刺

　実紗の葬儀が終わりいったん家に帰って着替えたあたしは、ふたりに連れられて近くのファミリーレストランに来ていた。

　普段なら食欲がそそられるニオイも、今は吐き気をもよおすようなニオイに感じた。

　あたしが口に手を当てて眉を寄せると、ふたりは心配そうな顔をして覗き込んできた。

「大丈夫？　場所を変えようか？」

　恭子さんの言葉に、あたしは左右に首を振った。

「大丈夫です。これから先どうしたらいいのか、早く相談したいです」

　実紗が殺され、次は自分の番だと思うと１秒も待っていられなかった。

　食べ物のニオイくらい、我慢できる。

「そっか……。さっき家に帰った時、これを持ってきたの」

　そう言うと、恭子さんは小さなバッグから１枚の名刺を取り出した。

「これって……」

　見覚えのある名刺に目を丸くする。

「たぶん＜彼氏人形＞を売っていた人の名刺だよね。依子の部屋の押し入れから出てきたわ」

　恭子さんの言うとおり、それは藤井さんの名刺だった。

しかし、あたしの持っている名刺とは電話番号や住所が違う。

　もしかしたら、この電話番号ならつながるかもしれない。

　その思いに、あたしは反射的にスマホを取り出して番号を打ち込んでいた。

　そしてすぐに発信ボタンを押す。

　でも、聞こえてきたのは冷たい電子音だった。

『おかけになった電話番号は現在使われていないか……』

　そのガイダンスにあたしは一気に肩を落とした。

　やっぱり……ダメか……。

　販売してすぐに個人情報を売り飛ばし、居場所をくらませる。

　それが藤井さんの……いや、＜彼氏人形＞を売っている組織のやり方なんだ。

「つながらないんだね……」

　恭子さんも良子さんもそれは予想していたことだったようで、さほど驚いた様子は見せなかった。

「あたし……これからどうすれば……」

　泣きそうになり、頭を抱える。

「その住所のあった場所へ行ってみようよ」

　良子さんが不意にそう言ってきた。

「え？」

　あたしは顔を上げて良子さんを見る。

　良子さんは真剣な表情だ。

「その住所の場所へ行けば、少しは何かわかるかもしれな

いじゃん」

「でも……あたしと実紗が＜彼氏人形＞を購入したお店も、すぐになくなってしまいました。まわりのお店にも尋ねてまわったけれど、みんな何も知らなくて……」

「……そうなんだ……」

　良子さんがあたしの言葉に、眉を下げた。

「ねぇ。それでも念のために行ってみない？」

　そう言ったのは恭子さんだった。

　恭子さんは柔らかな笑顔を浮かべている。

「あたしは、依子が＜彼氏人形＞を購入した場所を見てみたい。ふたりとも、ついてきてくれないかな？」

　恭子さんにとっては、その場所は辛い場所なはずだった。

　けれど、恭子さんは笑顔を絶やさずにそう言ったのだ。

　あたしのために……。

　あたしと良子さんは目を見かわし、そして頷いたのだった。

　それから良子さんと恭子さんは軽く昼食を取り、すぐに行動に移ることにした。

　ふたりとも今日は学校やアルバイトをお休みしているらしく、あたしはそのことにホッと胸を撫で下ろした。

　あたしはというと、実紗の殺害現場に居合わせたことで学校側も対応に困っているらしい。

　まさか殺人犯として扱われてはいないと思うけれど、しばらくの間休学が決まっていた。

「さ、じゃぁ、さっそく行こうか」

食べ終えた良子さんがすぐに席を立つ。

　３人で表に出て名刺を確認した。

　住所の場所はこの街からずいぶんと離れた場所にあり、あたしたち３人はバスとタクシーを乗り継いで移動することになった。

　高層ビルや学校、ホテルといった建物がどんどんうしろへ遠ざかり、低い建物が目立ってくる。

　空が広く、山と緑に囲まれる場所まで移動してきた時、ようやくタクシーが止まった。

　そこは自然に囲まれた街の小さな商店街の入り口だった。

　あたしたちのよく行く商店街とは違い、人はほとんど歩いていない。

「この中の、一番奥の店だよ」

　運転手さんにそう聞いて、あたしたちはタクシーを下りた。

　また帰りにもタクシーは必要なので、そのまま待機してもらうことにしている。

　商店街のお店はシャッターが閉まっているところがほとんどで、ところどころ開いているお店はあってもさびれていた。

　そんな商店街を奥へと進んでいくと、右手に【空き店舗】と赤文字で書かれたお店があった。

　あたしたちは名刺の住所とその建物を照らし合わせる。

　間違いない、ここだ。

「依子はこんなに遠い場所まで来て＜彼氏人形＞を買ったのね……」

恭子さんが呟くようにそう言った。

その表情からは笑顔が消え、切なそうに見える。

依子さんは、ここまで移動してでも＜彼氏人形＞を手に入れたかったのだ。

その気持ちは、明さんとの手紙のやり取りを思い出せば納得できた。

「どうする？」

良子さんがあたしにそう聞いてくる。

ここまで来たのなら、できることを全部やって帰ろう。

あたしはここへ来るまでのタクシーの中で、そう決意していた。

「まずはまわりのお店に聞いてみようと思います」

「うん。そうだね」

恭子さんがまた笑顔を浮かべて頷いた。

「すみませんが、ふたりとも付き合ってもらえますか？」

「「もちろん」」

あたしの質問に、ふたりは同時にそう答えたのだった。

あたしたちはまず右隣のお店に聞いてみることにした。

隣といっても2軒先の本屋さんだ。

間の店はシャッターが下りている。

3人で本屋さんへ入り、すぐに【ドールハウス】について質問をしてみる。

50代くらいの太った男性店員は汗を拭きながら「あぁ、あの気味悪い店かぁ」

と、眉を寄せながら言った。

「その店のこと、何か覚えていませんか？」

「覚えているって言っても、あのお店は1か月もたたないうちに閉めちまったから、入ったこともないよ。商品を表に出してディスプレイしていたから、あまりにリアルで気持ち悪いと思ったけどねぇ」

「そうですか……」

　やっぱり、ここでも長い期間は営業をしていなかったようだ。

「そのお店、今はどこにあるかわかりませんよね？」

「さぁ、さすがにそこまではねぇ……。悪いね、何も力になれなくて」

　おじさんはそう言い、申し訳なさそうに汗を拭く。

「いえ……ありがとうございました」

　あたしは店員さんに頭を下げて、本屋さんを出たのだった。

　それから、あたしたち3人は手分けをして商店街全部のお店をまわることにした。

　全部と言っても開いているお店は少ないので、たいしたことはなかった。

　開いている店舗が少ないということはあたしにとって期待が薄れるということで、案の定どのお店に聞いてみても答えは同じ。

「わからない」

　ということだった。

　最後の1軒になったパチンコ屋さんの前で、あたしは深

呼吸をした。

　ここがダメなら全滅だ。

　そう思うと、早く聞きに行きたいという気持ちと、行きたくないという気持ちが交互に訪れる。

「大丈夫？　代わりに行こうか？」

　良子さんがそんなあたしに優しく声をかけてくれる。

「……大丈夫です」

　あたしは少し落ちついて、そう答えた。

　年齢的にも、パチンコ屋へのひとりの入店は禁止されているあたし。

　店内へ足を踏み入れた瞬間、ゲームセンターなど比べ物にならない騒音が耳をつんざいた。

　耳の傷がズキズキとうずきはじめる。

　入り口の近くにいた男性店員が、不審そうにあたしに視線を投げかけた。

　早く出なきゃ。

　そんな気持ちになり、あたしはその店員に声をかけることにした。

「すみません」

「はい、どうされましたか？」

　さっきまで不信感のにじんだ表情であたしを見ていたその人は、すぐに笑顔になった。

「少し、聞きたいことがあるんです」

「聞きたいこと？」

「はい。前、この商店街の一番奥に【ドールハウス】って

いうお店があったと思うんです」

　あたしの言葉に店員さんは「あぁ、すぐになくなっちゃった人形の店のこと？」と、聞いてきた。

　あたしは大きく頷く。

「そうです。その店の移転先って、知りませんか？」

　そう聞くと、店員さんは難しそうに顔を歪めた。

「ごめんね、そこまではちょっとわからないな」

「そうですか……」

　何度も聞いてきた返事にあたしは脱力する。

　やっぱり、ここもダメだった。

　あたしは肩を落とし最後の店を出たのだった。

　商店街の真ん中に設置されている木製のベンチに座り、

「これで……全部終わった……」

　と、呟いて下を向く。

　どうしよう。

　他にどうやって【ドールハウス】を見つけ出す方法があるんだろう。

「ずいぶんと暗くなっちゃったね……」

　恭子さんがアーケードの外を見てそう言う。

　あたしはハッとして顔を上げた。

　まずい。

　あたし、今日は蒼太になんて言って出てきたんだっけ？

　頭の中が真っ白になった状態で出てきたから、蒼太との会話をほとんど覚えていない。

「帰らなきゃ……!!」

5章 >> 251

　あたしは青くなり、すぐに立ち上がる。

　今からタクシーとバスを乗り継いで家に帰っても、蒼太からの暴力は免れられないかもしれない。

　そう思うと背筋がゾクリと寒くなり、恐怖で心臓が破裂しそうだった。

　不安が胸の中を渦巻き、どうしようもない駄々っ子のように嫌々と首を左右に振る。

「落ちついて陽子。すぐに帰ろう」

　良子さんがあたしの体を支えるようにして歩きはじめる。

　嫌……帰りたくない。

　折られた腕が急激に痛みはじめる。

　でも、帰らなきゃ、きっと殺されてしまう。

　どこにも逃げ場がないという絶望感から、あたしは突然嘔吐した。

　空っぽの胃からは透明な胃液が出ただけで、それはまるで何もできない無力な自分自身に見えた。

　透明で、どんな色にも染めることができる。

　ドロドロとした液体で、どんな形にも変化させられる。

　蒼太の思いどおりにさせられる、自分……。

　何度か空えずきを繰り返し、ようやくヨロヨロと歩き出す。

「大丈夫？　少し休もうか？」

　恭子さんがそう言い、手を差し伸べてくる。

　でも、あたしは雑に振り払い断った。

　もう、人を気にしている余裕もない。

　今のあたしはきっと、ひどく醜いだろう。

タクシーまで戻ってくると、運転手さんは不安そうな表
情であたしを見た。
「少し気分が悪くなったみたいで。でも大丈夫ですから」
　運転手さんに気をつかい、恭子さんがそう言う。
　　そして車は走り出した……。

有力情報

　あたしの気分が悪いとわかってか、運転手さんは来た時よりも丁寧な運転をしてくれた。

　ゆったりとした音楽が車内にかかり、あたしの気持ちも少しは落ちついてきていた。

「ずいぶん顔色がよくなりましたね」

　良子さんとふたりで後部座席に座っていたあたしに向かって、運転手さんがそう言う。

　バックミラーで確認したみたいだ。

「はい。もう大丈夫です」

　おだやかな口調の男性運転手さんは白髪交じりで、60代に見えた。

「それはよかった。あなたたちを見ていたら、勝手ながら前のことを思い出しましたよ」

　そう言い、運転手さんは目尻にシワを作って笑った。

「前のことですか?」

　助手席に座っていた恭子さんがそう聞く。

　あたしは正直運転手さんの話なんて興味はなくて、なんとなく耳を傾けている程度だった。

「前、ひとりの女の子をこのタクシーに乗せてあの商店街まで行ったんですよ。その女の子はひどく落ち込んでいて、自殺でもしてしまうんじゃないかと思うくらい顔色が悪くてねぇ……」

車が赤信号で停車した。

　エンジン音が静かになり、ラジオから流れる音楽が大きく聞こえはじめる。

　運転手さんはラジオのボリュームを下げて言葉を続けた。

「けれど、商店街から戻ってきた女の子は頬をピンク色にしてすごく楽しそうに笑っていてね。つい、『何かあったの?』って聞いてみたんだ。そしたらその子は『【ドールハウス】っていう店でオリジナルの人形を注文してきたの』ってね。それは楽しそうに話していてねぇ」

「それって、どんな子でしたか!?」

　運転手さんの話が終わると同時に、恭子さんがそう聞いていた。

「え?　あぁ。そういえば、お客さんによく似ているね」

　運転手さんは恭子さんの顔をまじまじと見て、驚いたようにそう言った。

　信号が青に変わり、車が動きはじめる。

「それ……きっとあたしの妹です……」

「そうなのかい?　いやぁ、よく似ていると思ったよ!　妹さんは元気かい?」

「……妹は少し前に亡くなりました」

「亡くなった?」

　運転手さんが怪訝そうな表情を浮かべる。

「……はい」

「それは、どうしてだい?」

　その質問に、恭子さんは少し考えるように間を空けた。

そして、決心したように口を開き、＜彼氏人形＞についてのすべてを運転手さんに話しはじめたのだ。

　運転手さんは時折目を見開きながら、真剣な表情で恭子さんの話を聞いていた。

「信じてもらえないかもしれないけれど、妹はその＜彼氏人形＞に殺されたんです」

　そう言うと、運転手さんは「いや、信じるよ」と、すんなりと頷いたのだ。

「実は僕の話には後日談があってね。オリジナルの人形を注文したその子は、人形ができた時に当然お店に取りに行くだろう？　その時も僕のタクシーに乗ったんだよ」

「そうだったんですか!?」

　あたしは運転手さんの言葉に食いつき、身を乗り出してそう尋ねた。

「あぁ。それでもう一度商店街に行って戻ってきた時には人間そのものと何も変わらない人形を連れていて、驚いたんだよ」

「その人形は片腕がありましたか？」

「いや、それがなかったんだよ。だから気になって『それは人形なんだろう？　どうして片腕がないんだい？』って、聞いてみたんだ。そしたら女の子は『これが彼の普通の姿だから』って、うれしそうに答えたんだよ。あまりにも奇妙な出来事だったから、今でも鮮明に覚えているよ」

　運転手さんがタクシーに乗せた女の子は、間違いなく依子さんだ。

「その人形を売っていた【ドールハウス】については、何も聞きませんでしたか？」

　さらに食い下がって聞いてみると、運転手さんは助手席のダッシュボードを開けるように恭子さんに伝えた。

　恭子さんは首をかしげつつもダッシュボードを開けて、中に入っていたＡ５サイズのファイルを取り出した。

「実はそういう出来事があってから、僕は個人的にその【ドールハウス】について調べてみたんだよ。それがそのファイルだ」

　恭子さんがファイルを開けて中を確認する。

　そこには当時のドールハウスの住所や電話番号、藤井さんの名前が書かれている。

「このファイル、いただけませんか!?」

　あたしは運転手さんにそう聞いた。

「あぁ、もちろん。何かそのお店のことで困っていることがあるんだろう？　僕もある程度調べたから個人情報を流したり、格安で若い女の子に人形を売っていることは知っているよ」

「ありがとうございます！」

　あたしは運転手さんの厚意に涙が浮かぶ。

「でも、どうしてそこまでわかったんですか？」

　良子さんがそう尋ねると、運転手さんは少し自慢げにほほえみ「僕は昔、探偵事務所に勤めていたんだよ」と、言ったのだった。

藤井さんの居場所

　思わぬところから得た有力情報を胸に抱え、あたしは家に帰ってきていた。

　日はとっくに落ちていて真っ暗だ。

　両親には途中で連絡を入れているから心配はなく、あたしの不安はすべて蒼太に向けられていた。

　もう両親は眠っているのか、静かな家の中に足を踏み入れるのはなんだか悪いことをしているような気になった。

「ただいま……」

　誰ともなく声をかけてそっと階段を上がる。

　蒼太は、あたしに向かってなんて言うだろうか？

　1段上がるたびにドクドクと心臓が早くなっていく。

　帰りながら今日はリビングで眠ろうかと考えていたが、1日蒼太の顔を見ないとなると、翌日が怖かった。

『昨日は何をしていたんだ』

　冷たい表情でそう聞かれるのが目に浮かぶ。

　あたしは音を立てないようにそっと自室のドアを開けた。

　真っ暗な部屋の電気をつける。

　すると部屋の隅で立膝をして目を閉じている蒼太がいた。

　眠っているのだろうか……？

　あたしは蒼太から距離を置いたまま、手早く部屋着に着替えた。

　明日このファイルをすべて確認する。

このファイルにあたしのすべてをかけていると言っても、過言ではなかった。

　あたしはファイルをベッドの下へ入れて、蒼太の目から隠した。

　その瞬間、気配がしてハッと振り返る。

　気がつけば、蒼太が真うしろに立ってあたしを見下ろしていた。

　その目は笑っていない。

「蒼太……」

「今日はずいぶん遅かったね」

　蒼太が低い声でそう言ってくる。

　あたしはベッドの上のクッションを抱きかかえた。

　少しでも身を守るためだ。

「今日は……実紗のお葬式だったから……」

「お葬式のあと、いったん戻ってきたじゃないか。その後、俺には何も言わずに部屋を出ていった」

　蒼太は目を吊り上げ、追い詰めてくる。

「それは……ちょっと、まだ用事が残っていて……すぐに出なきゃいけなかったから……」

　ジリジリと近づいてくる蒼太。

　あたしはあとずさりをして、背中に壁がトンッと当たった。

「用事って何？」

　蒼太がすぐ目の前に迫っている。

　あたしは体中から汗が吹き出し、パニックになりそうになるのをなんとかこらえていた。

「じ……実はね……」

　とっさの嘘をついていた。

「実はね、蒼太。あたしたちを別れさせようとしている人
がいるのよ!!」

　自分でもびっくりするような内容の嘘。

　それに対し、蒼太は動きを止めて目を見開いた。

「俺たちを別れさせようとしている人？」

「そ……そうなの。だから、それが誰なのか調べていて……
遅くなってしまったの」

「そうだったのか」

　蒼太はあたしの嘘をそのまま信じたようで、一気に表情
が柔らかくなった。

　その変化に、あたしは胸を撫で下ろす。

　とりあえず、今日は乗りきれたようだ。

「で、その人って誰？」

　そう続けられた言葉に、一瞬硬直してしまうあたし。

「そ、それは……まだハッキリとはわかってないの。だか
ら、わかったらちゃんと蒼太に伝えるね」

　背中に汗をかきながらも、どうにか嘘を塗り重ねた。

　蒼太はあたしの言葉を信じているのかどうかわからない、
中途半端な笑顔を浮かべる。

　まるであたしを試しているかのように見えて、ゾクリと
した。

「俺も手伝うよ」

「わ、悪いからいいよ！　それに、あたしの勘違いかもし

れないし」

「そっか、じゃぁ陽子に頼もうかな。でも、ちゃんと伝えておいてくれないと、俺も心配するんだからね？」

　不意に蒼太の表情が穏やかなものになった。

　どうやら、完全に信じてくれたみたいだ。

　あたしはホッと胸を撫で下ろし、元いた場所に戻っていく蒼太を見た。

「う、うん。わかった。ごめんね」

　そう言い、あたしは蒼太から解放されたのだった。

　翌日、あたしは早めに起きてベッドの下からファイルを取り出し、リビングでそれを広げていた。

　運転手さんが昔探偵をやっていたというのは本当のことらしく、【ドールハウス】が犯罪組織と通じていることや、若い女性をターゲットとして＜彼氏人形＞を販売していることが、こと細かに書かれていた。

　あたしが一番衝撃的だったのは、販売していた藤井さんの実家の住所が書かれていることだった。

　その住所のうしろにはハテナマークがつけられていて、定かではないようだったけれど、これはあたしにとってもっとも知りたかった情報だった。

　これが本物の住所なら、藤井さんに会えるかもしれない。

　そうすれば、蒼太を止めることができる……!!

　あたしは興奮して、すぐにその住所をネット上で調べてみた。

あまり聞きなれない地名だったけど、あたしの家から車で1時間ほど行った場所のようだった。

移動手段はどうしよう？

昨日のように人数がいるわけじゃないから、タクシーなんて高価な乗り物は使えない。

一瞬、良子さんや恭子さんにもついてきてもらおうかと思ったけれど、これ以上あたしのことでふたりを巻き込むわけにもいかない。

ふたりは今日は学校やバイトがあるだろうし、やっぱり今日はひとりで行動するしかない。

そう思って地図を見ていると、住所のすぐ近くに電車が通っていることがわかった。

これだ……!!

移動手段は決まった。

あたしはすぐに自室へと戻り、着替えはじめた。

すぐに出かけられる準備をする。

「陽子、出かけるの？」

部屋の隅で目を閉じていた蒼太が、いつの間にか目を覚ましてこちらを見ていた。

一瞬、蒼太の声にドキッとして身をすくめる。

だけど……。

「そうだよ……一緒に行く？」

と、あたしは提案をした。

「俺も一緒に行っていいのかい？」

蒼太の表情が明るくなる。

デートなんて全然していなくて蒼太はずっと家の中にいたから、本当にうれしそうだ。

　その顔を見ると、少しだけ胸が痛んだ。

　あたしはこれから、この笑顔ごと蒼太を消そうとしているんだ。

　だけど、その気持ちに迷いはなかった。

　人間が人形に負けるわけにはいかない。

　実紗や亡くなった子たちのためにも、あたしが負けるわけにはいかない。

「行こう、蒼太」

　あたしは蒼太の手を握り部屋を出た。

「陽子、今日はどこへ行くんだい？」

「……あたしたちを別れさせようとしている人物のところだよ」

　あたしは蒼太にそう言ったのだった。

実家

　蒼太とふたりで電車に乗ると、若い女の子たちの騒ぎ声が聞こえてきた。
「ねぇ、あの人すごくカッコいい！」
「本当だ。隣の人って彼女かな？」
「えぇ〜。それより女の人、すごくケガしてない？」
　そんな遠慮のない会話とともに、笑い声が上がる。
　あたしは改めて蒼太を見た。
　背が高くスラッとしていてスタイルもいい。
　当然のようにカッコいい顔をしている。
　これが、あたしの理想的な彼氏だった。
　それが立体化したのを見た時、恐怖と同時にグイグイ引き寄せられる感覚がした。
　蒼太が甘い言葉をくれるたびに胸がキュンッとして、恋することの感覚を味わうことができた。
　でも……。
　あたしは折られた腕に視線をやった。
　蒼太は本当の人間ではない。
　＜彼氏人形＞としても、欠陥品だった。
　あたしはうつむき、キュッと唇を噛んだ。
　蒼太がそっとあたしに手を伸ばしてきたので、あたしはその手を握り返した。
　今、この時間だけでいい。

駅に到着するまでの時間だけでいい。

あたしに、恋人としての最後の記憶を残しておこう。

そう思ったのだった……。

蒼太と楽しい会話を続けていると、あっという間に電車は目的の駅に到着した。

太陽は徐々に真上へと向かっていて、もうすぐお昼という時間。

昨日からロクに食べていなかったけれど、これから起こる出来事を想像すると食欲なんてわかなかった。

休憩も取らず、あたしたちは住所を頼りに駅の周辺を歩きまわった。

そして数十分後、あたしたちはどうにか藤井さんの実家までたどりついていた。

その家は２階建ての一軒家で、灰色の門をくぐってすぐのところが玄関になっていた。

あたしは茶色い玄関ドアの前に立ち、表札を確認した。

木製の表札には【赤上】と書かれている。

あたしは運転手さんからもらったファイルを取り出し、確認する。

そこには【旧姓、または本名は赤上か？】と、走り書きがされている。

ここが藤井さんの実家かどうか、それが今のあたしにとっては大問題だった。

万が一、違ったら？

あたしは無関係な人の家に、蒼太を連れてきてしまった
ことになる。
　そして蒼太はきっと、その人があたしたちを別れさせよ
うとしているのだと思い込み、手を出すだろう。
　そうなったら、あたしはいったいどうすればいいのかわ
からない。
　他人を攻撃している蒼太を止めることなんて、あたしに
できるとは思えない。
　エスカレートして、相手を殺してしまうかもしれない。
　そう思うとチャイムを鳴らす指に力が入らなくて、小刻
みに震えはじめる。
　でも……。
　もう、これしか方法がないんだ……。
　あたしは意を決し、その家のチャイムを鳴らしたのだっ
た……。

　しばらくして玄関から出てきたのは、白髪交じりの60代
くらいの女性だった。
「どなたですか？」
　玄関から出てきても何も言わないあたしに、怪訝そうな
表情を浮かべる女性。
　あたしは我に返り「あ、すみません。娘さん、いらっしゃ
いますか？」と、尋ねた。
　名刺には藤井希子と書いてあったけど、それが本名かど
うかわからないため、あたしはそう言った。

不審がって追い返されるかもしれないと思った時、家の中からひとりの女性が姿を現した。

　それはあたしがずっと探していた藤井さん本人で、藤井さんはあたしと蒼太を見て啞然をした表情を浮かべている。

「ここにいたんですね」

　あたしは強い口調でそう言った。

「よくここがわかったのね……」

　自分の母親の手前、荒い言葉は使いたくないのか、藤井さんは柔らかな口調でそう言った。

「話があります」

「……わかったわ。そこの公園で話しましょう」

　藤井さんはそう言い、母親に「すぐ帰るわ」と伝えて家を出た。

　藤井さんの実家から歩いて3分ほどの場所にある公園について、あたしたちは対峙した。

「昨日、実紗のお葬式でした」

　あたしはまっすぐに藤井さんを見てそう言った。

「そうだったの」

　藤井さんはとくに驚いた表情も見せず、そう答える。

　死ぬことは最初から知っていた。

　そんな雰囲気だ。

　あたしは、怒りをなんとか自分の中へ押し込む。

「実紗は＜彼氏人形＞に殺されました。あなたが売った人形です」

5章 >> 267

「そう。でも、それをいったい誰が信じるかしら？　それに、その＜彼氏人形＞は今どこへ行ったの？」

　藤井さんは薄ら笑いを浮かべてそう言う。

　誰も信じてくれないこと、葵君がすでにいなくなってしまったことを藤井さんは知っているのだ。

　きっと、今まで売ってきた人形と持ち主の末路を全部知っているからだ。

「それはあたしが聞きたいことのひとつです。葵君はいったいどこへ行ったんですか？」

　そう聞くと、藤井さんはニヤニヤといやらしい笑みを浮かべてあたしを見た。

「知りたい？」

「知るためにここまで来たんです」

　あたしは藤井さんを睨みつけるようにして言った。

　何がなんでもしゃべってもらう。

　洗いざらい、全部をだ。

　もしもそれを拒否するようであれば、あたしは蒼太をけしかけるつもりでいた。

「わかったわ、ここまで来れたご褒美に教えてあげましょう。人形はね、購入者を殺したあと、本当の持ち主の場所へ帰ったのよ」

「……本当の持ち主？」

　ネット上では、＜彼氏人形＞は販売していた人の元に戻り、再び売り物になっていると書かれていた。

　でも、あれはあくまで噂話だ。

藤井さんの言っていることが本当なのだろう。

「そうよ。親や恋人、友達のところへね」

「……何を言っているんですか？　恋人は購入者ですよね？」

「違うわよ？　あなたたちは＜彼氏人形＞からすればただの道具だもの」

　そう言い、高らかに笑いはじめる藤井さん。

　その笑い方は普通ではなく、あたしは数歩あとずさりをした。

「道具って……どういう意味……？」

　あたしは、運転手さんがくれたファイルをギュッと抱きしめる。

　ここに書かれていること以外に、＜彼氏人形＞にはまだ秘密がある。

　そう感じた。

「いいわ。あなただってすぐにその人形に殺されてしまうんだから、教えてあげるわ」

　藤井さんはそう言うと、ニヤッと笑って話しはじめた。

「あたしはね、実は＜彼女人形＞だったの」

「えっ!?」

　あたしは頭を殴られたような衝撃に襲われ、言葉を失う。

「あたしは＜彼女人形＞として数年前、とある男子学生に購入されたの。それからあたしは人形として作られた記憶の中で生きてきたわ。でもね、数日もすれば徐々に思い出してきたのよ。あたしが本物の人間だった時の記憶をね」

「本物の……人間……？」

背筋がゾクリと寒くなる。

今すぐここから逃げ出したい。

「えぇ。あたしの本名は赤上紀子。記憶が戻ってくると同時に、自分には人間離れした力があることに気がついたわ。少しでも不快なことがあれば相手を痛めつけ、自分の言いなりにした。そしてある日、ついにあたしは購入者を殺してしまったの。最初はこの力を恐ろしいと感じた。でも、そんな気持ちはあっという間に消えてなくなったのよ」

藤井さんは、自分の手のひらを見つめてほほえんだ。

「＜彼氏人形＞や＜彼女人形＞はね、購入者を殺害してその魂をもらって、この世に蘇ることができるのよ。それに気がついたのはあたしだけじゃない。すべての人形たちが気がつき、購入者を殺害することを最終目標とするようになっているのよ」

ニヤリと笑い、そう言う藤井……赤上さん。

あたしは思わずその場に尻餅をついていた。

「嘘……」

「嘘じゃないわ。その子だって、一度は死んだ本物の人間なのよ。そして彼の死を忘れられない誰かが、彼を人形として販売し、そして再生することを望んだ。だからあの店に並んでいたのよ」

そう言い、赤上さんは蒼太を指さした。

＜彼氏人形＞を販売している裏の組織は、ただの犯罪組織じゃなかったんだ!!

それよりももっと怖い、死んだ人間を人形として蘇らせ

る組織だったのだ。

　蘇った人形は人間だった時の記憶を取り戻し、帰る場所を思い出し、購入者の命を奪って自分のものにし、人間となって帰っていく……。

　赤上さんにとっては、母親のいる実家が帰る場所だったんだ。

　あたしはその事実を突きつけられて、何も考えられなくなっていた。

　目の前でニヤニヤと笑う赤上さんを、あ然としたまま見つめるしかできない。

　そんな時だった。

　不意に蒼太があたしの隣にしゃがみ込んできたのだ。

「陽子、俺たちの邪魔をする人って、この人のこと？」

　そして、蒼太はあたしにそう聞いてきた。

　あたしは一瞬なんのことだか理解できなかった。

　でも、すぐに蒼太の言っていることを理解した。

　そうだ、あたしは今日蒼太にあたしたちの邪魔をする人間がいると伝えて連れ出したんだった。

　蒼太はまだそれを信じている。

「そ……そうよ。この人よ」

　あたしはとっさの嘘をついていた。

　ドキドキと心臓が跳ねて、息苦しい。

　赤上さんの話では、蒼太の記憶はすでに戻ってきていることになる。

　もはや蒼太は、いつあたしを殺害してもおかしくないのだ。

ところが……。

蒼太は「そうなんだ」と、呟いて赤上さんを睨みつけたのだ。

その表情はいつもあたしを痛めつける時よりも、鋭い目をしている。

その目の奥からは殺意が感じられ、赤上さんも戸惑ったように数歩あとずさりをした。

「あなたが、俺たちの邪魔をしているんですね」

ゆっくりと赤上さんに近づいていく蒼太。

あたしはその様子から目を離せず、ジッと見つめているしかできなかった。

「ちょっと何を言っているの？　あなた、まだ記憶が戻っていないの？」

赤上さんが焦ったように蒼太に話かける。

「生前のあなたを大切に思ってくれていた人がいたはずよ。家族や友達や恋人。その人たちにまた会うために、あなたは人形として蘇ってきたの!!」

「いったい何を言っているのか俺にはわからない。俺の恋人は陽子ひとりだけだ」

「そんな……！」

何を言っても聞く耳を持たない蒼太に、青くなる赤上さん。

蒼太は目に殺意を抱いたまま、右手を大きく振り上げた。

「やっ……！」

思わず顔をそむけるあたし。

次の瞬間、グシャッ!!と、骨を砕くような鈍い音が公園

に響いた。

続いて２発、３発と音が響く。

あたしは怖くて、しゃがみ込んだ状態のままただ震えているしかなかったのだった……。

それから数十分後。

骨を砕くような音が途切れ、あたしはそっと目を開けた。

目の前には血まみれになって肩で息をしている蒼太と、その下で倒れて動かなくなっている赤上さんの姿があった。

「陽子。邪魔者は消したよ」

蒼太がそう言い、ほほえみを浮かべて振り返る。

あたしはそれに返事をせずに、そっと赤上さんに近づいた。

赤上さんの顔は、原型をとどめていなかった。

実紗が葵君に殺された時のことを思い出し、吐きそうになる。

そう遠くない日、自分もこうなるのかもしれない。

そんな考えが頭をよぎる。

でも、死んだ赤上さんに対してかわいそうだなんて感じなかった。

「陽子、どうしたの？」

何も言わないあたしに、蒼太が不思議そうな表情を浮かべている。

「……なんでもない」

そう言い、あたしは立ち上がる。

本当は蒼太に赤上さんを脅してもらい、＜彼氏人形＞を

止める方法を聞き出す予定だった。

　でも、予想外の展開にあたしは動くことができなかったのだ。

「蒼太。まだやることがある。ついてきて」

　赤上さんから聞き出せなくても大丈夫だ。

　彼女には、彼女を蘇らせたいと願った人……母親がいるんだから……。

母親

　あたしは蒼太とふたりで赤上さんの家へ戻ってきていた。
　チャイムを押すと、すぐに先ほどの母親が姿を現す。
「あら、あなたたち……」
　母親の言葉を聞かず、あたしは蒼太と一緒に家の中に入り込んだ。
「ちょっと、何するんですか？　紀子はどこに？」
　焦って聞いてくる母親を、あたしは睨みつけた。
「紀子さんは亡くなりました。それ以前に、一度亡くなっていますよね？」
　強い口調でそう言うと、母親の表情は一変した。
　サッと青ざめ、挙動不審に周囲を見まわす。
「今存在している紀子さんは以前＜彼女人形＞でしたよね？　そして＜彼女人形＞として蘇らせることを望んだのは、あなたですよね？」
　あたしはグングン詰め寄り、母親に逃げる隙を与えない。
「なんのことかしら？」
「しらばっくれるな!!」
　あたしはドンッと壁を殴りつけて、そう怒鳴った。
　今までに感じたことのない怒りが、内側からわいてくるのがわかる。
「どうして蘇った紀子さんは＜彼氏人形＞を販売するようになったんですか!?　あの人形の恐怖はあなたも知ってい

るはずでしょう!?　どうして止めなかったんですか!!」

「そ、それは……」

　あたしの気迫に押され、母親は目に涙を浮かべはじめた。

　悪いだなんて、思わない。

「……お金目当てよ……」

　観念したように、母親は弱弱しい声でそう言った。

「お金……？」

「えぇ。紀子が死んだ時は辛くて辛くて、ワラにもすがる思いで〈人形〉を作っている組織に頼み込んだの。でも……それで紀子が戻ってくると、今度は組織へ支払う莫大な借金が残ってしまって……。そんな時、組織の人から話を持ちかけられたのよ。『〈彼氏人形〉を販売すれば、その売り上げから借金返済をしてやる』って……」

「それで、販売をはじめたんですか」

「あたしは断ったのよ。紀子のために誰かひとりが犠牲になるのは仕方がないと思ったけれど、何人もの人が犠牲になると考えると怖くて……。だけど、人間となって戻ってきた紀子が『それならあたしが母さんの代わりにやる』って……」

　そう言いながら、ボロボロと涙をこぼしはじめた。

　どうやら、嘘をついているようには見えない。

　〈彼氏人形〉の金額が安いのは、こうして人形にしたいと望む親族や恋人、友人から高額なお金を取っているからだったんだ。

　死んだ人を蘇らせてほしいと強く願い、お金を惜しまな

い人もいるだろう。

「紀子さんは購入者の個人情報も売買していました。そのことは？」

　そう聞くと、母親は驚いたように目を見開いて、ブンブンと首を左右に振った。

「そんなこと、初めて聞いたわ」

　ということは、個人情報の売買は、赤上さんの独断でやっていたことか……。

　借金返済を少しでも早く終わらせようとして、手を出したのかもしれない。

　すべての全貌が明らかになり、あたしはその場にズルズルとへたり込んでしまいそうになる。

　しかし、足にグッと力を入れてなんとかとどまっていた。

「最後に、大切なことをお聞きします」

「……なんですか？」

「＜彼氏人形＞の止め方を教えてください」

　あたしがそう言うと、母親の視線があたしから蒼太へ移った。

　蒼太は、さっき赤上さんを殺したことで血まみれだ。

「まさか……あなた購入者なの……？」

「はい。このままではあたしは蒼太に殺されます」

　あたしはハッキリとした口調で、そう告げたのだった……。

最後

　＜彼氏人形＞や＜彼女人形＞にはスイッチがふたつある。

　ひとつは、あなたも知っている足首のスイッチ。

　もうひとつ、首のうしろにスイッチがあるの。

　だけど気をつけて。

　人形たちは自分のスイッチの意味を知っているわ。

　どちらのスイッチを押そうとしても、敏感に反応してあなたを攻撃してくるから……。

　あたしは先ほどの公園で、母親から聞いた説明を思い出していた。

　目の前には、動かなくなった紀子さんが倒れている。

　話をしてくれた母親に、つい先ほどの出来事を説明して紀子さんを回収しにきたのだ。

「蒼太、紀子さんを担いで家まで帰ってあげてくれる？」

　さすがにあたしの力では持ち上げることができず、そう言った。

　蒼太はあたしの指示に素直に頷き、紀子さんの隣に膝をついた。

　うしろから蒼太の首筋を見ると、母親から聞いたスイッチが目に入る。

　これが、＜彼氏人形＞を停止させるスイッチ……。

　あたしは、そっと手を伸ばす。

　これを切れば、すべては終わる。

蒼太はうしろを向いていて、あたしの動きに気がつかない。
「蒼太……今までありがとう」
　あたしは蒼太に聞こえないほど小さな声で言った。
「そして……さようなら」
　スイッチに指が触れる。
　瞬間、蒼太が振り向いた。
「そうだ、今思い出したよ俺の本当の名前。俺の本当の恋
人も」
　そう言う蒼太は、今まで一度もあたしに向けたことのな
いぬくもりのある笑顔を浮かべていた。
　あたしはその言葉に一瞬ひるむが、指にグッと力を込める。
　蒼太が笑顔のままあたしに向かって手を振り上げる。
　カチンッ……。
　スイッチを切る音がして蒼太の動きが止まり、その体が
横倒しになるのを見た。
「終わった……」
　ホッとしてそう呟いた瞬間、あたしの頭から血が流れて
頬を濡らした。
「あ……れ……？」
　疑問を感じた瞬間、頭部に痛みが訪れ、視界が歪んで
立っていられなくなった。
　その場に崩れ落ちる瞬間、仁王立ちをして血のついたス
コップを持っている赤上さんの母親の姿を見た。
「せっかく、娘は人間になって戻ってきてくれたのに！
あんたのせいでまた死んだのよ!!」

あたしを罵倒する声が遠くに聞こえる。

あぁ、そうだった。

死者の蘇りを待っている人は、通常じゃ考えられないほど強い気持ちを持っているんだった。

誰かを殺してでも帰ってきてほしい。

その思いをあたしは忘れていた。

そして、あたしの意識は遠のいた……。

あたしの意識が戻ったのは、暗闇の中だった。

首を動かそうとしてもビクともしない。

手足もちっとも動かなくて、感覚もない。

あたしはいったいどうしてしまったのだろう？

思い出そうとしても、まったく思い出せない。

あたしの名前はなんだったっけ？

何歳だっけ？

すべてが抜け落ちている。

白紙の状態の自分に恐怖を感じた。

何も持っていない、何者にもなれていないのだということがわかった。

次の瞬間、自分の右手の感触が突如として蘇ってきた。

部屋の中の温度や、人が歩いた時の空気の流れを感じる。

そして左手。

右足、左足。

まるで別々のパーツが組み立てられるたびに、感覚を得ているようだった。

最後に、あたしは自分の腹部に何かを差し込まれる感覚
を感じていた。

　痛みはない。

　しかし、それが入った瞬間、あたしは自分がどんな人間
であるか、少しだけ理解できた。

　とくに強く思い出したのは、あたしには彼氏がいると言
うことだった。

　あたしの彼氏は高校３年生で、彼の名前は藤原燈里。

　あたしと彼氏は、ついこの前ふたりで遊園地のデートに
行った。

　そんなことが鮮明に蘇ってくる。

　だけど、他のことは何も思い出さなかった。

　両親の顔も、どこの学校にかよっているのかも、まった
くわからない。

「これで完成だ。あとは動作チェックをすればいい。購入
者へ連絡しておいてくれ」

　暗闇の中、男性のそんな声が聞こえてくる。

　そして誰かの手があたしの足首に触れる。

　そこには大切なスイッチがある。

　あと、首のうしろにも。

　人に、彼氏にさえ安易に触れさせてはいけないスイッチだ。

　これらのスイッチはあたしの命そのもの。

　あたしはすでにそれを理解していた。

　腹部に差し込まれた何かが、あたしにそれを教えてくれ
たのだ。

5章 >> 281

　そしてスイッチを押されたその瞬間、あたしは目覚めた。

　真っ白な天井。

　あたしを見下ろしている白衣を着た数人の男性。

　その中に、あたしを見て涙を浮かべている女性の顔を見つけた。

　その女性はとても老けていて、目の下にはクマがある。

「ほら、起きてごらん」

　白衣を着た男性にそう言われ、あたしは上半身を起こした。

　自分の体に少し違和感があったけど、その原因はわからなかった。

「腕を動かしてみて」

　白衣を着た男性にそう言われ、あたしは右腕と左腕を上げたり下げたりした。

　最初は動きにも違和感があったけれど、それもすぐに消えていった。

　バラバラだった体がひとつになっていくのがわかる。

「動作も大丈夫なようですね。そう遠くない日、娘さんはあなたのもとに戻ってきますよ。体型や身長といった外見は生前と少し異なりますが、中身は陽子さんそのものになりますから」

　白衣の男性が、女性にそう言う。

　女性は泣きながら何度も男性に頭を下げてお礼を言う。

「早くお母さんのことを思い出してね、陽子」

　見知らぬ女性は知らない名前であたしを呼び、手を優しく握りしめてくれた。

「動作に問題はないようですから、一度スリープモードにしてスイッチを切ります。次に目覚めるのは購入者との初対面の日だ。楽しみだね」

　男がそう言うと、あたしは再び真っ暗な世界に引き戻されたのだった……。

END

あとがき

　皆様、こんにちは。西羽咲花月です。

　今作の『彼氏人形』は、第9回日本ケータイ小説大賞にて文庫賞をいただいた作品です。

　受賞の連絡をいただいたのが、私の前作『リアルゲーム〜恐怖は終わらない〜』が発売して間もなくの頃だったので嬉しさも倍増、人生におけるすべての幸運を使い果たした気分になりました（笑）。

　そんな『彼氏人形』ですが、この作品を思い付いたのは、数年前、私が洋服店に勤務していた時でした。

　洋服店には服を飾るための人形、等身大のトルソーが置いてありますよね？　手や足が関節のところで取り外せて、自在にポーズを作れる、あれです。

　最初は、動くトルソーと新人女性社員のラブコメを考えていたのですが、閉店後の暗い店内でトルソーを眺めていると結構怖くて、その側を通る時になぜかヒヤッとしてしまうことが何度もあったためホラー作品へと移行しました。

　さて、この作品の中で主人公たちは、悪い予感がしながらも、それとは相反して『彼氏人形』に心惹かれ、手を出してしまいます。そしてその結果、恐怖への扉を開けることとなってしまうのです。

　もちろん、この物語はフィクションですが、現実世界でもこれに似たことがある気がします。

あとがき ≫ 285

　ですから、何か直感的に危険を感じることがあったら、一度その手を止め足を止め、「本当にこのまま進んでしまっていいの？」と考え直すことも必要なのかもしれません。そうしないと、恐怖への扉は開いてしまいます。

　危険や悪事を察知していながらも、一時の快楽への興味関心、衝動が抑えられずにいると、やがて自分の身に恐ろしいことが起こってしまう。つまり、それは自らが知らぬ間に恐怖への扉を開けてしまっていることになるのです。

　日常の些細なことでもそう。軽い気持ちや遊び半分で誰かの悪口を言えば、因果応報で自分自身も誰かから悪口を言われている。誰かをバカにすれば、巡り巡って自分自身もどこかで誰かからバカにされている。すぐに返ってこなくても、必ず自分へのしっぺ返しはやってくるものです。

　それなら、他人に優しくして、その優しさが自分に返ってきた方が、ずっといいですよね！

　恐怖への扉のカギは、いつだって自分が持っているのではないかと思います。それを開けるか開けないか、はたまた、楽園への扉を開けられるどうかも、いつだって自分次第だと思うのです。

　最後になりましたが、この作品に携わってくださったスターツ出版の皆様、応援してくださった皆様、そしてこの文庫を手に取ってくださったあなたへ、心から感謝を申し上げます。本当にありがとうございました！　これからもどうぞよろしくお願いいたします！

2015.5.25　西羽咲花月

この物語はフィクションです。
実在の人物、団体等とは一切関係がありません。

♥

西羽咲花月先生への
ファンレターのあて先

〒104-0031
東京都中央区京橋1-3-1
八重洲口大栄ビル7F

スターツ出版（株）書籍編集部 気付
西羽咲花月先生

KEITAI
SHOUSETSU
BUNKO
野いちご SINCE 2009

彼氏人形

2015年5月25日 初版第1刷発行

著 者 西羽咲花月
©Katsuki Nishiwazaki 2015

発 行 人 松島滋

デザイン 黒門ビリー&大江陽子（フラミンゴスタジオ）

Ｄ Ｔ Ｐ 株式会社エストール

編 集 篠原康子
酒井久美子

発 行 所 スターツ出版株式会社
〒104-0031 東京都中央区京橋1-3-1　八重洲口大栄ビル7F
ＴＥＬ 販売部03-6202-0386（ご注文等に関するお問い合わせ）
http://starts-pub.jp/

印 刷 所 共同印刷株式会社
Printed in Japan

乱丁・落丁などの不良品はお取替えいたします。上記販売部までお問い合わせください。
本書を無断で複写することは、著作権法により禁じられています。
定価はカバーに記載されています。

ISBN 978-4-88381-968-3　C0193

ケータイ小説文庫　2015年5月発売

『あたしはニセカノ。』 acomaru・著
（アコマル）

高校受験の日に受験票をなくしてしまった紗南は、そのピンチを救ってくれたイケメン・涼に恋をする。高校入学後、彼に想いを伝える決意をする紗南だけど、涼は超毒舌男で、みんなから"悪魔"と呼ばれていた。どうにか付き合えることになったものの、「今日からお前はニセカノ」と言われ…!?
ISBN978-4-88381-973-7
定価:本体560円＋税

ピンクレーベル

『甘々いじわる彼氏のヒミツ!?』 なぁな・著

高2の杏は憧れの及川先輩を盗撮しようとしているところを、ひとつ年下のイケメン転校生・遥斗に見つかってしまい、さらにイチゴ柄のパンツまで見られてしまう。それからというもの、遥斗にいじわるされるようになり、杏は振り回されてばかり。しかし、遥斗には杏の知らない秘密があって…？
ISBN978-4-88381-971-3
定価:本体540円＋税

ピンクレーベル

『サヨナラのしずく』 juna・著
（ジュナ）

身寄りがなく孤独な高校生の雫は、繁華街で危ないところをシュンに助けられる。お互いの寂しさを埋めるように惹かれ合うふたり。元暴走族の総長だった彼には秘密があり、雫を守るために別れを決意。雫がとった行動とは…？　愛する人との出会いと別れ。号泣必死の切ないラブストーリー。
ISBN978-4-88381-970-6
定価:本体540円＋税

ブルーレーベル

『あのこになりたい』 美波　夕・著

母親に厳しくしつけられ、高校に入っても反抗できない毎日を送る咲。優等生だった兄は引きこもりになり、家族はバラバラだ。そんな時、偶然出会った兄の同級生シュンが、兄を外に連れ出してくれる。感謝するが、咲とシュンの関係を疑いもう会うなと言う母。咲は、母に本音をぶつけるが…。
ISBN978-4-88381-969-0
定価:本体530円＋税

ブルーレーベル

書店店頭にご希望の本がない場合は、
書店にてご注文いただけます。